A V I S.

PIERRE LE CRUEL n'a pas encore été imprimé, ou du moins il n'a pas dû l'être ; on dit qu'il s'en est fait en Province une Edition furtive & très-défectueuse sur un manuscrit, confié pour la Représentation seulement. On n'avait connu, pour ainsi dire, que le titre de cette Pièce, par une Représentation tumultueuse la seule qui ait été donnée à Paris, & où, malgré les efforts des Acteurs, la Pièce n'avait pu être entendue de ceux même qui la connaissaient ; aujourd'hui que des Représentations heureuses & brillantes l'ont vengée & la vengent encore plus que jamais de ce jugement précipité ; aujourd'hui qu'à la porte de Paris & dans le séjour même que la Cour habite, cette Pièce reçoit tous les applaudissemens qu'elle a mérités, parce qu'on veut bien prendre la peine d'écouter pour avoir le plaisir d'entendre ; aujourd'hui enfin que les grandes & nombreuses beautés dont elle est remplie, trouvent le Public disposé à leur rendre une entière justice, l'Ami de l'Auteur chargé par lui-même de donner l'Edition de ses Œuvres, croit que le moment est arrivé de livrer cette Pièce à l'impression.

Dans l'Edition furtive, sous le titre d'Amsterdam, on a mis au Frontispice les mots suivans : *corrigé par M. R. S.* Nous ignorons quel est ce *M. R. S.*, & quel est le but de cette Annonce ; mais il est certain que la présente Edition, la seule légitime, faite sur le manuscrit, muni de l'approbation du Censeur, & de la permission de M. le Lieutenant de Police, avant la mort de l'Auteur, differe considérablement de celle d'Amsterdam, & contient beaucoup de vers de plus & des variantes.

A 2

PERSONNAGES.

DOM PEDRE, Roi de Castille.

ÉDOUARD, Prince Anglais.

LE CONNÉTABLE DU GUESCLIN.

HENRI DE TRANSTAMARE, Frère naturel de Dom Pèdre.

BLANCHE DE BOURBON, Princesse Française.

DOM FERNAND, Ministre & Général de Dom Pèdre.

ALTAIRE, Chef des Maures.

GARDES.

La Scène est en Castille, dans le Fort de Montiel, ou dans le Camp de Dom Pèdre, près de ce Fort.

Nota. L'Auteur ayant fait à cette Pièce des corrections assez considérables, dont une même change tout-à-fait le dénouement, nous avons cru devoir mettre au bas des pages & à la fin de la Pièce les variantes qui nous ont paru mériter d'être connues.

PIERRE LE CRUEL,

TRAGÉDIE.

Par M. DE BELLOY, Citoyen de Calais, & l'un des Quarante de l'Académie Française.

Virtutem videant, intabescantque relictâ. PERSE.

Prix 30 sols broché.

A PARIS,

Chez MOUTARD, Imprimeur-Libraire de la REINE, rue des Mathurins, Hôtel de Cluny.

M. DCC. LXXX.

Avec Approbation & Privilége du Roi.

PIERRE LE CRUEL,
TRAGÉDIE.

ACTE PREMIER.

Le Théâtre repréfente l'intérieur d'une Tour, une Chambre affez vafte dans le goût gothique très-fimplement meublée, & dont la fenêtre eft garnie d'une grille de fer : cette Chambre a une grande porte dans le fond, une petite fur le côté.

SCENE PREMIERE.

UNE JEUNE PRINCESSE *feule.*

Elle eft vêtue fans éclat, affife dans l'attitude de l'accablement, & appuyée fur une table : après quelques inftans de filence, elle lève les yeux & dit :

L'OMBRE enfin s'éclaircit : les premiers feux du jour
Pénètrent lentement dans cet obfcur féjour.

A 3

Ces murs, me féparant de la nature entière,
Me permettent du moins d'entrevoir la lumière.
Ah! l'aurore & la nuit me retrouvent en pleurs ;
Sans qu'un léger fommeil me prête les douceurs
Que goûte un malheureux dans l'oubli de fon être. —
O jour! depuis cinq ans, je ne t'ai vu renaître,
Qu'en demandant au ciel de ne plus te revoir.
Mort, que j'appèle envain ; ô mort, mon feul efpoir ;
Romps le joug effroyable où je fuis enchaînée ;
O mort! délivre-moi du malheur d'être née.

(elle retombe dans fa première attitude ; puis fe relevant.)

Un inftant fur le trône, & pour jamais aux fers,
Hélas! j'ai difparu de ce vafte univers :
L'Efpagne où je fus Reine, où je vis ignorée,
Me croit dans le cercueil ; & Paris m'a pleurée.
Pleurée! — Oui, je le fuis : dans mes tourmens fecrets
J'ai le trifte plaifir de coûter des regrets :
On plaignit, on vengea ma difgrace fatale ;
Tout m'aima fur la terre, — hors ma vile rivale,
Hors mon cruel époux, qui feuls ont condamné
Ce cœur, plus pur encor qu'il n'eft infortuné. —
Mais — de ces lieux déferts qui trouble le filence ?

(elle paraît entendre du bruit en dehors.)

La barrière du Fort s'ouvre avec violence ! —
Quel tumulte confus ? — Voyons.

(elle fe lève & regarde à travers les barreaux de la fenêtre.)

Sur ces remparts,
J'aperçois un drapeau, — semé de léopards ! —
Quelqu'un marche avec bruit ! —L'effroi remplit mon ame.

SCENE II.

UN CHEVALIER *parlant hors de la chambre.*

Soldat, ouvre. — Obéis, ou tu meurs.

(la porte du fond s'ouvre , le Chevalier entre avec deux Ecuyes.)

LA PRINCESSE.

Ciel !

LE CHEVALIER.

(*à part.*)   Madame,
Pardonnez. — Que d'appas ! tout accroît mes soupçons.
(*haut.*)
De mon audace heureuse apprenez les raisons.
Je vous suis inconnu, j'ignore qui vous êtes :
Je viens joindre le Roi , qui fuit vers ces retraites ;
Et pour calmer l'Espagne en ses troubles nouveaux ,
J'arrive en ce moment des remparts de Bordeaux.
Je voulais occuper ce formidable asyle ,
Qui devient pour Dom Pèdre une ressource utile ;
Mais des refus suspects , des mots mystérieux
Ont enflamé soudain mes desirs curieux ;

J'ai penſé — que ces murs enfermaient l'innocence.
Vos Gardes m'oppoſaient envain la réſiſtance ;
Le Vainqueur de Najarre & celui de Poitiers
Imprime le reſpect dans l'ame des Guerriers :
Dites un mot, Madame, & je romps votre chaîne.

LA PRINCESSE.

Eſt-il bien vrai ? je vois le Prince d'Aquitaine,
Le Héros des Anglais & le Fils de leur Roi !
Vous, Edouard !

ÉDOUARD.

Mon nom vous répond de ma foi.

(*il fait ſigne à ſes Ecuyers de ſe retirer.*)

LA PRINCESSE.

Votre aſpect doit ici m'affliger — & me plaire.
Le Vainqueur de Poitiers a vu périr mon Père ;
Le Vainqueur de Najarre a vengé mon Epoux.

ÉDOUARD *avec tranſport.*

Mon doute eſt éclairci. Vous vivez ! quoi ? c'eſt vous,
Du malheureux Bourbon plus malheureuſe fille !
Vous, Femme de Dom Pèdre & Reine de Caſtille !

BLANCHE.

Reine ! vous le voyez.

ÉDOUARD *voulant ſe jetter à ſes pieds.*

Ah ! mon cœur éperdu
Vous rend l'hommage pur qu'il garde à la vertu.

(*toujours avec vivacité.*)

Que vous avez coûté de larmes à la terre !
Oui , votre Père & vous , chéris de l'Angleterre. . . . . .
Ennemis généreux , nous favons admirer
De vertueux rivaux , les vaincre & les pleurer. —
Belle Bourbon , eh quoi ! lorfque Pèdre & Padille
Du bruit de votre mort confternaient la Caftille ,
Sur vous , de leurs fureurs , ils fufpendaient le cours !
Ces deux ames de fang ont refpecté vos jours !

B L A N C H E *plus vivement.*

Ils n'ont rien refpecté. Si je refpire encore ,
Leurs ordres font trahis , leur cruauté l'ignore.

É D O U A R D *de même.*

Croyez , fi ce myftère eût perçé jufqu'à moi ,
Que j'aurais exigé de ce fuperbe Roi ,
Quand ma main fur fon front remit le diadême ,
Qu'il vous rendît juftice & fe la fît lui-même. —
Une feconde fois fon Trône eft renverfé.
Pèdre a befoin de vous pour s'y voir replacé.
Vous pouvez mieux que moi , réparer fa ruine :
Mais le daignerez-vous ? — Ah ! dès leur origine ,
De vos malheurs affreux retracez-moi le cours :
Ma foi , fans balancer , fuivra tous vos difcours :
Mon ame , jufqu'ici , toujours mal informée
Par la voix de Dom Pèdre , ou par la Renommée ,
Afpire , pour vous-même , encore à s'éclaircir.
Edouard mieux inftruit pourra mieux vous fervir :

Qu'il fache à quel excès Pèdre offenfa vos charmes.
Princeffe, en ce grand jour, fi je taris vos larmes,
Je croirai vous devoir le plus chéri des biens : —
On m'accorde un bienfait en acceptant les miens.

B L A N C H E *avec tranquillité.*

Prince, de mes malheurs la confidence intime
Eft due aux nobles foins d'un Héros que j'eftime.
A mon Epoux, vous feul me pouvez réunir. —
Ah! pour lui, devant vous, que mon front va rougir! —
Daignez prendre ce fiége, & vous allez m'entendre.

(*Ils s'afféient.*)

Mais, Seigneur, pardonnez un fouvenir trop tendre ;
Ici j'ignore tout. — Charle, époux de ma fœur,
D'un Roi trop courageux plus fage fucceffeur ;
Cette fœur même, hélas! fi chère à mon enfance,
Dieu les conferve-t-il au bonheur de la France ?

É D O U A R D.

Tous deux règnent, Madame, & par leurs douces loix
Confolent leurs Etats du malheur des Valois :
Charle apprend aux Guerriers que la valeur fuprême,
Pour commander au fort, fe commande à foi-même ;
Plus terrible pour Londre au fond de fon palais,
Que fon Père fuivi de cent mille Français.

B L A N C H E *en larmes.*

Ah! Prince, qu'à ma fœur je dois porter envie !
Elle mourra Françaife au fein de fa Patrie :

Et moi, dans d'autres Cours destinée à régner,
L'hymen m'offrait par-tout mon malheur à signer.
(*elle s'essuie les yeux.*)
Dom Pèdre me choisit de l'aveu de sa mère,
Et m'obtint du grand Roi qui me servait de père,
Quand mon troisième lustre à peine finissait.
Déjà sa cruauté sourdement s'annonçait.
J'avouerai qu'en sortant de la Cour la plus chère,
La sienne, moins qu'une autre, allait m'être étrangère :
L'illustre Castillane (1), aïeule des Bourbons,
Blanche, honneur de mon sèxe, avait joint nos Maisons :
Son nom, que je portais, m'invitait à la suivre,
M'enflâmait du désir de la faire revivre.
Je voulais rendre au Tage, au pur sang de ses Rois,
Le présent qu'à la Seine ils ont fait autrefois :
Mon cœur se promettait, pour son premier ouvrage,
D'adoucir un Epoux qu'on me peignait sauvage ;
Par de tendres vertus j'espérais le dompter,
Et gagner tous les cœurs, pour les lui reporter.
J'arrive dans Burgos. Au lieu de l'allégresse,
Je vois dans tous les yeux le trouble, la tristesse ;
La mère de Dom Pèdre, étouffant ses douleurs,
Vient, m'embrasse, — & bientôt me baigne de ses pleurs.
Je ne vois point le Roi, qui craint de voir sa mère ;
Sous cent prétextes faux mon hymen se diffère.
Après de longs refus, Pèdre se montre enfin.
Il me mène à l'Autel avec un fier dédain :

---

(1) Blanche de Castille, mère de Saint Louis.

Cet hymen, dont Paris chantait les nœuds profpères,
Offrit le morne afpect des pompes funéraires.
La Cour, le Peuple entier faifi d'un fombre effroi,
Cherche, en tremblant, mon fort dans les yeux de fon Roi :
Il me jette un regard, mais un regard farouche,
Sourit du froid ferment qui tombe de fa bouche ;
Sort du Temple, & foudain, par des détours fecrets,
Se dérobe à fa Cour & me fuit pour jamais.
Peignez-vous ma furprife à cet excès d'outrage,
Le timide embarras, la candeur de mon âge,
La douleur & l'effroi de mes efprits confus :
Etrangère, au milieu d'un monde d'inconnus,
Ne fachant où porter & mon trouble & ma plainte,
J'infpirais la pitié, mais la pitié contrainte.
  Enfin on me révèle un myftère odieux,
Qui n'était un myftère, hélas ! que pour mes yeux :
J'apprends que, dans ces jours où Pèdre avec inftance
Par fes Ambaffadeurs preffait notre alliance,
Il avait vu Padille ; & qu'au prix de l'honneur
Cette Beauté fi fière avait gagné fon cœur.
Me quittant aux Autels, le Monarque parjure,
Revolait dans fes bras confommer mon injure :
Tous deux en faifaient gloire ; & qui plaignait mon fort
Recevait pour falaire ou les fers, ou la mort.
Mais bientôt, fur moi-même affouviffant la rage
Que garde une ame vile au grand cœur qu'elle outrage,
On m'arrache des bras de la mère du Roi,
Qui m'ofait confoler en pleurant avec moi ;

Dom Pèdre me punit de la chérir en fille :
De prisons en prisons cachée à sa famille ,
Je n'eus , pour soutenir mes misérables jours ,
Que l'aliment du pauvre. . . . & ne l'eus pas toujours.

    Cependant il n'est plus de devoirs qu'il ne brave ;
Tyran pour tout son Peuple, & pour Padille esclave,
Il ravit les trésors, il fait couler le sang ,
N'épargne ni vertu , ni naissance , ni rang. —
Je partage sa honte en vous traçant ses crimes. —
Mais comment vous compter ses illustres victimes ?
Chaque meurtre excitant des murmures nouveaux ,
Il rappelait sans cesse & lassait les bourreaux :
Le cruel — immola ses frères , & leur mère ,
Son tuteur , les neveux & la sœur de son père ;
Sur sa mère. . . . on retint son parricide bras ;
Et l'ordre de ma mort combla ses attentats.

É D O U A R D.

Je frémis. Chaque trait rappèle à ma mémoire
Ce que m'a dit Guesclin, ce que je n'ai pu croire. —
Mais.... Dom Pèdre à vos pieds n'est jamais revenu ?

B L A N C H E.

Padille craignait trop les droits de la vertu :
D'un amour tyrannique exerçant la puissance ,
Elle avait à son Roi défendu ma présence.

É D O U A R D.

Dans quel temps osa-t-il ordonner votre mort ?
Quelle main vous sauva, quel heureux coup du sort....

BLANCHE *vivement.* (1)

Quand le feul rejeton de fa trifte famille,
Tranftamare fon frère, entrait dans la Caftille :
Couronné par le Peuple, appuyé des Français,
Il volait pour brifer les fers où je pleurais :
Pèdre, malgré l'Afrique & Grenade & Lisbonne,
Se voyant par Guefclin renverfé de fon trône,
Voulut punir fur moi la France & les Bourbons :
Il me fit apporter un poignard, des poifons;

---

(1) Quand l'Efpagne épuifée & touchant à fa perte,
Pour arrèter le fang dont elle était couverte
De ce Roi deftructeur brifait le joug affreux,
Et nommait Souverain fon frère généreux,
Ravi feul au bourreau de toute fa famille
Tranftamare adoré rentrait dans la Caftille,
La France armait pour moi fes Guerriers les plus fiers,
Guefclin deux fois vainqueur allait brifer mes fers;
Malgré toute l'Afrique & Grenade & Lifbonne,
Dom Pèdre fe voyait arracher fa Couronne.
Alors voulant punir la France & les Bourbons,
Il me fit apporter un poignard, des poifons :
Fernand, qu'il en chargeait, n'eut que le choix du crime.

ÉDOUARD *avec la chaleur de l'intérêt.*

O d'un Roi trop cruel, Miniftre magnanime !
Fernand. . . . .

BLANCHE.

Voit qu'un refus le perd, fans me fauver :
Il fe charge du meurtre, & vient m'en préferver.

Fernand qu'il en chargeait, n'eut que le choix du crime.
O d'un Roi trop cruel miniſtre magnanime !
Fernand voit qu'un refus le perd ſans me ſauver.

ÉDOUARD.

Il ſe charge du meurtre ?

BLANCHE.

                Et vient m'en préſerver ;
Cachant mon nom, mon rang, qui m'expoſaient encore,
Sa prudence en ſecret m'envoya chez le Maure.
Mais lorſque votre bras par-tout victorieux
Eût rétabli Dom Pèdre au rang de ſes aïeux,
Par ordre de Fernand dans ces lieux tranſportée
J'ai revu la priſon que j'avais habitée :
On m'y ſert avec ſoin ſans ſavoir qui je ſuis.
Morte à tout l'univers, ſeule avec mes ennuis,
Je rappelle en pleurant l'éclat de mon enfance,
Le jour où j'ai quitté le bonheur & la France :
Ah ! je croirais, ſans vous, que la tour de Montiel
Eſt le tombeau fatal que m'a choiſi le Ciel.

ÉDOUARD.

Je le bénis ce Ciel ; ſa faveur m'accompagne,
Lorſque, pour vous ſauver il m'amène en Eſpagne.
Dom Pèdre me doit tout, il remplira mes vœux :
Dom Pèdre eſt criminel, mais Roi, mais malheureux ;
Dieu ſeul peut le punir, tout Roi doit le défendre.
Vers moi, dans ſon déſaſtre, il vint jadis ſe rendre ;
Dépouillé, fugitif, rebut des vils humains,
Il parut : & j'allai le ſervir de mes mains.

Pour régner à mon tour le deſtin m'a fait naître,
J'enſeigne à reſpecter ce qu'un jour je dois être.
Dans les champs de l'honneur, je m'arme contre un roi,
Dans ma cour, dans mes fers, il eſt un Dieu pour moi.
J'eſtimais Tranſtamare & ſa valeur brillante ;
Son ame eſt grande & fière, humaine & bienfaiſante,
Fidèle à l'amitié, ferme dans le malheur....

BLANCHE.

Il a trop de vertus pour un uſurpateur.

ÉDOUARD.

Madame, il n'en a plus, s'il détrône ſon frère.
Je viens les réunir par un accord ſincère ;
Et vos jours conſervés — appuieront ce deſſein
Que la mort de Padille a fait naître en mon ſein.

BLANCHE *ſe levant.*

Quoi ! la mort de Padille ?

ÉDOUARD *ſe levant auſſi.*

Elle n'eſt plus, Madame.
Vous même, libre encor, diſpoſant de votre ame....

BLANCHE.

Quel diſcours ?.... Ciel ! Fernand !

SCENE III.

ÉDOUARD, BLANCHE, DOM FERNAND.

BLANCHE *à Dom Fernand avec une noble confiance.*

O mon Libérateur,
Viens : fi tu crains ton Roi, voilà ton Protecteur.

ÉDOUARD *embraffant Dom Fernand.*
Oui, mortel généreux, oui, ma reconnaiffance
Se charge du péril — & de la récompenfe.

Dom FERNAND.
Votre eftime, Seigneur, eft tout ce que je veux ;
La vertu qui l'obtient ne forme plus de vœux.
Vous, Madame, excufez l'excès de ma prudence,
Si toujours avec foin j'ai fui votre préfence
Depuis l'inftant heureux où je fauvai vos jours :
J'ai craint de vous offrir de dangereux fecours,
Un entier abandon vous était néceffaire ;
Un feul pas indifcret eût trahi ce myftère ;
A Padille en tous lieux tant de traîtres vendus,
Un feul courier furpris, un confident de plus,
Expofaient votre tête à fa barbare haine.
Quand Padille expira j'étais dans Trémiféne,

B

Des foldats Afriquains je preffais le départ :
    (*à Édouard.*)
Ils doivent aujourd'hui joindre notre étendard.
    (*à Blanche.*)
Hier , à mon retour , je crus l'inftant propice
Pour inftruire le Roi de mon fage artifice :
Soudain Pèdre enchanté conçut l'heureux deffein
De défarmer la France en vous rendant fa main :
Mais attaqué , furpris & vaincu par fon frère ,
De ces foins importans fon cœur s'eft vu diftraire.
J'ai couvert fa retraite : & , pour braver le fort ,
Je viens d'affeoir fon camp fous Tolède & ce fort :
Pour rompre ici vos fers lui-même il va fe rendre :
    (*à Édouard.*)
Il vous cherche.

SCENE IV.

DOM PEDRE, ÉDOUARD, BLANCHE, DOM FERNAND, GARDES.

Dom PEDRE *à Édouard.*

O bonheur où je n'ai pu m'attendre !
Je vois la Reine, & vous ! mes revers vont finir.
Je vais tranquillement & régner & punir :

Voilà Paris & Londres unis pour ma querelle ;
Cimentons par le sang mon trône qui chancelle.

ÉDOUARD.

Un projet plus humain m'amène ici, Seigneur :
J'y viens moins en Guerrier qu'en Pacificateur,
Mais ferme en ma promesse, & prêt à vous défendre ; —
Vous êtes malheureux ; vous auriez dû m'attendre.

Dom PEDRE *lui prenant la main.*

Digne Héros ! — Bourbon détourne encore les yeux !
  (*à la Princesse qui est un peu détournée.*)
Je viens vous arracher de ces funestes lieux :
Oubliez des fureurs que le remords efface ;
  (*montrant Édouard.*)
La vertu me protège & doit m'obtenir grace.
  (*d'un ton d'humeur.*)
De votre époux du moins contemplez les regtets :
  (*elle le regarde ; il paraît frappé : il l'examine*
    avec attention & plaisir.)
Je sens mon cœur saisi, ... percé de mille traits.
Padille, à tant d'appas me semblait préférable ! —
Rarement l'œil voit bien quand le cœur est coupable.

ÉDOUARD.

J'aime ce repentir : — mais j'en crains les effets.

Dom PEDRE.

Pourquoi, Seigneur ? Je veux expier mes forfaits :
  (*à Blanche.*)
Ils sont sans nombre...

B 2

BLANCHE.

Hélas !

Dom PEDRE.

              Comptez-les par vos larmes ?
(*à Edouard, avec le désordre d'une passion naissante.*) ·
Cette longue douleur n'a point terni ses charmes.
Autrefois à l'autel mon indomptable orgueil
Laissa sur elle à peine échapper un coup d'œil.
Si j'eusse pu la voir, ah ! l'aurais-je outragée ? —

    (*à Blanche.*)

De mon perfide amour vous êtes bien vengée.
Le voici ce moment trop longtems attendu,
Ce jour de mon bonheur, ce jour de ma vertu,
Où l'ame de Bourbon va me faire une autre ame :
Je veux, après l'affront de mon hymen infâme,
Aux yeux de ce Héros défenseur de mes droits,
Tour-à-tour le vainqueur & le vengeur des Rois,
Aux yeux de tout mon camp, de l'Europe étonnée,
Former les nœuds brillans d'un nouvel hymenée.
        (*il donne un coup d'œil à Edouard.*)

BLANCHE.

Dans ce grand changement qu'à peine je conçois,
Interdite, & doutant des vœux que je reçois,
Je crains qu'un tel retour soit l'ouvrage d'un songe,
Et qu'en mes premiers maux le réveil me replonge.

(*à Dom Pèdre*).

Seigneur, par des remords ſi nouveaux & ſi prompts,
Croyez-vous qu'un moment efface tant d'affronts?
De mon hymen fatal je révère la chaîne ;
Mon malheur fut toujours de vous devoir ma haine. —
J'oublierai par vertu l'arrêt de mon trépas. —
Mais puis-je ſans horreur me voir entre vos bras,
Fumans encore du ſang de la Caſtille entière. —

(*à Edouard*).

Prince, il faut avant tout m'éclaircir un myſtère.
Je puis, me diſiez-vous, diſpoſer de mon cœnr ;
Je ſuis libre.... eh! comment ?

Dom PÈDRE.

Qu'avez-vous dit, Seigneur ?

ÉDOUARD.

La vérité. — Madame, elle va vous ſurprendre.

Dom PÈDRE.

Quoi !....

ÉDOUARD.

Les Princes ſont faits pour la dire & l'entendre. —
Penſez-vous que, trompant ſa vertu, ſa candeur,
Je garde par faibleſſe un ſilence impoſteur ?
Je ſouffre qu'avec vous ſe croyant enchaînée,
Elle aille confirmer votre faux hymenée ?

BLANCHE.

Ciel !

ÉDOUARD *à la Princeſſe.*

Avant le ſerment qu'il vous fit à regret,
Padille avait ſa foi par un hymen ſecret :

B 3

Et, lorsqu'à ses fureurs il vous crut immolée,
Soudain cette union hautement révélée,
Prouvée avec éclat aux États Castillans,
Fit voir de votre hymen les vains engagemens :
En rougissant pour lui de sa première chaîne,
On reconnut Padille ; elle était femme & Reine.
Le Ciel n'a donc jamais uni votre destin
A ce Roi, dont l'hymen fixait déjà la main ;
Et l'auguste Bourbon, que trompa sa promesse,
N'est point esclave & Reine ; elle est libre & Princesse.

Dom PEDRE *voyant la surprise de Blanche.*

Ah ! je lis dans ses yeux que vous m'avez perdu.

ÉDOUARD.

Je me perdrais, Seigneur, pour sauver sa vertu.

BLANCHE, *avec le saisissement & le*
délire de l'extrême joie.

Qu'entends-je ? se peut-il ?... Gloire, bonheur suprême.
Quand je devrais ici périr au moment même,
O Ciel tant imploré, que ne te dois-je pas ?
Je sais, avant l'instant marqué pour mon trépas,
Que je ne fus jamais unie à ce parjure,
Qu'il n'eut de droits sur moi qu'à force d'imposture !
(*avec la plus grande fierté.*)
Réponds-moi maintenant, ô tigre ensanglanté ;
Rends compte de ma vie & de ma liberté.
Je ne te parle plus en épouse, en victime,
Qui respecte l'abus d'un titre légitime ;

Je te parle en Française, en fille de vingt Rois,
Qui n'eut pas le malheur de naître sous tes loix :
Pourquoi devant l'autel, que profanait ta vue,
M'engager cette foi qu'une autre avait reçue ?
Tu craignais qu'un refus, insultant pour mon nom,
Ne soulevât la France & ta propre Maison ?
Pourquoi donc, à l'instant, leur faire une autre offense,
Me bannir, me livrer aux fers, à l'indigence ?
Ah ! mon plus grand bonheur... c'est l'insolent dédain
Qui borna mon outrage au seul don de ta main :
Par-tout tu ravissais ou l'honneur ou la vie,
Dans ton infâme Cour j'échappe à l'infâmie !
Va, j'aime trop mon sort pour vouloir t'en punir :
Dans les bras de ma sœur je cours m'en applaudir.

(*à Edouard en courant à lui.*)

Vous, qui m'êtes uni par les plus nobles chaînes ;
Car le sang des Capets coule aussi dans vos veines,
Prince, il faut assurer ma retraite & mes jours :
Blanche vous fait l'honneur d'implorer vos secours ;
Si des fers opprimaient votre épouse si chère,
Pensez-vous qu'un Bourbon rejetât sa prière,

ÉDOUARD *lui présentant la main avec fermeté.*
Venez, Madame.

Dom PEDRE *l'arrêtant par l'autre bras.*
Quoi ! l'arracher de mes mains,
Et jusques dans mon camp ! quels sont donc vos desseins ?
Voulez-vous aujourd'hui me combattre moi-même,
Et livrer mon épouse à mon frère qui l'aime ?

Si-tôt qu'il crut sa mort, il vanta son ardeur …

B L A N C H E.

(*à part.*)

Il m'aime ! — Ah ce seul mot me fait lire en mon cœur.

Dom P E D R E *l'obfervant.*

Dieu ! s'il était aimé ! fi je pouvais le croire ! …
Prince, j'ai refpecté votre nom, votre gloire ;
Je vais tout oublier dans ma prompte fureur,
L'amour, même en naifsant, eft terrible en mon cœur.

(*avec la plus grande violence.*)

Rien n'eft facré pour moi quand le couroux m'égare ;
Malheur à qui me force à devenir barbare !

É D O U A R D *avec le ton d'une colère retenue.*

Modérez-vous, Seigneur : ne faites point rougir
Un Prince, votre appui, qui vient pour vous fervir.
Je fuis armé pour vous contre un frère rebelle,
Si Blanche eft en péril, je fuis armé pour elle.
Connaifsez un Anglais dont la libre équité
Entre tous les partis marche avec fermeté.
Jeune, la paffion qui foudain vous enflame
Eft l'ivrefse des fens, que dompte une grande ame :
D'un Monarque profcrit fachez le digne emploi,
Pour remonter au trône il faut régner fur foi :
Peut-être qu'en cédant Bourbon à votre frère,
Elle ferait le nœud d'un traité falutaire :

Mais c'eſt d'elle, en un mot, & du Roi des Français
Que ſon ſort dans mes mains dépendra déſormais.
J'attends ici Gueſclin que mon bonheur me livre,
Qui, toujours mon captif, m'écrit qu'il va me ſuivre ;
Il deſire la paix, Henri ſuit tous ſes vœux ;
Plus calme, vous pourrez nous en croire tous deux. —
Madame, en attendant, de vous je vais répondre ;
Vous ſerez, ſous ma garde, en paix comme dans Londre.
Ne craignez pas, Seigneur, que je faſſe à vos yeux
Du droit de mes bienfaits un joug injurieux ;
Ils n'ont pas cet orgueil dont le faſte humilie ;
Er ſi je m'en ſouviens, c'eſt quand on les oublie.

(il emmène Bourbon.)

Dom P E D R E les ſuivant.

C'en eſt trop, & je cours....

S C E N E V.

DOM PEDRE, DOM FERNAND, GARDES en dehors.

Dom F E R N A N D arrétant Dom Pèdre.

Q U E L tranſport violent !

Il ne la ravit point ; il reſte en votre camp :
Calmez - vous, demeurez.

Dom PEDRE.

Oui ; dévorons ma rage. —
(*ſe tournant vers la porte par où Edouard eſt ſorti.*)
Tes bienfaits !... à mes yeux , ſont ton premier outrage.
Qu'ils ſont aviliſſans , ces droits d'un bienfaiteur !
(*ſe promenant avec fureur.*)
Mais que dans ma Cour même on ſoit mon protecteur ,
Mon arbitre , mon juge !... Et dans quel tems encore !
Penſes-tu qu'aujourd'hui ma faibleſſe t'implore ?
Non , non : je ne ſuis plus dans cet état honteux
Où j'allai mandier tes ſecours orgueilleux :
Le Navarrois , le Maure , armés pour ma défenſe ,
Avec moins de hauteur , n'ont pas moins de puiſſance.
Qu'ai-je à craindre de toi , mortel audacieux ?
Sur le bruit de ton nom , tu reviens en ces lieux
Seul , ſans Cour , ſans armée , avec ta faible garde ;
Et tu crois m'impoſer ! Et ton orgueil hazarde
D'abuſer dés vains droits d'un ſervice paſſé !
Tu ne peux plus m'en rendre , & tout eſt effacé.
Tu céderas Bourbon ou ceſſeras de vivre.
Va , j'empêcherai bien que ton choix ne la livre
A celui des humains que j'abhorre le plus ;
Ce frère , qui m'ôta , par ſes fauſſes vertus ,
Les cœurs de mes ſujets , mes tréſors , mon empire ,
N'aura jamais du moins une épouſe où j'aſpire :
Et je préférerais , comme un ſort moins fatal ,
La mort de ce que j'aime au bonheur d'un rival.

SCENE VI.

DOM PEDRE, ALTAIRE, DOM FERNAND, GARDES
hors la porte.

Dom FERNAND.

Les Maures nous ont joints ; voici le brave Altaire,

ALTAIRE *à Dom Pèdre.*

L'Empereur Afriquain , ton ennemi , mon père ,
M'envoie ici des Rois venger la majesté :
Il ne demande rien. Tu peux en liberté,
Quand nous t'aurons soumis tes peuples & ton frère ,
Reprendre contre nous ta haine héréditaire ;
Nos glaives seront prêts. — Aux portes de Montiel
Je viens de rencontrer ce terrible mortel
Que le sort rend captif du Prince d'Angleterre ,
Ce Guesclin, notre maître au grand art de la guerre.
Quand je vais avec toi combattre ses amis ,
Je me plains qu'à leur tête il ne soit point remis :
Devant un tel rival le courage s'enflâme. ,
Et l'aspect d'un Héros semble aggrandir mon ame.

Dom PEDRE *en l'embrassant.*

Généreux Musulman , j'attends tout de ton bras :
(*à Dom Fernand.*)
Guidez-le dans ma tente, & j'y suivrai vos pas.

(Altaire & Dom Fernand sortent.)

Guesclin semble arriver pour combler ma vengeance :

Il fit régner mon frère , il est en ma puissance !

Je sens que tout accroît dans mon cœur irrité

Les cruelles fureurs dont je suis tourmenté.

C'est un torrent fougueux qui , malgré moi , m'entraîne:

Toutes mes passions ressemblent à la haine.

Je ne puis, — ni ne veux surmonter leur transport ;

Qui vient leur résister se dévoue à la mort.

Fin du premier Acte.

ACTE II.

Le Théâtre repréſente, dans le fond, tout le Camp de Dom Pèdre, au milieu duquel on voit le Fort & la Tour de Montiel : ſur le devant ſont deux Tentes ; dont l'une plus avancée eſt celle a'Édouard, qui y arrive avec du Gueſclin.

SCENE PREMIERE.
ÉDOUARD, DU GUESCLIN.

ÉDOUARD.

Du camp de Dom Henri ce Français va venir ;
Dans ma tente, Gueſclin, daignez l'entretenir :
Qu'il y ſoit ſans frayeur, ma foi lui ſert d'ôtage.

DU GUESCLIN.

Tranſtamare lui-même y viendrait ſur ce gage.

ÉDOUARD.

Dom Pèdre eſt plus tranquile : aux chefs des Muſulmans
Il apprend ſes deſſeins, il reçoit leurs ſermens.

(montrant l'autre tente.)

Bourbon, dans cette tente où vos yeux l'ont revue,
Peut être, en un moment, par mon bras défendüe.
Cependant dites-moi quelle étrange raison
Vous fait en ces climats revenir fans rançon ;
Charles ne doit qu'à vous le falut de la France,
Et n'a pas de Guefclin payé la délivrance ?

DU GUESCLIN.

C'eft moi qui de fes dons fis un jufte refus ;
A l'Etat épuifé ma main les a rendus :
Dans les malheurs publics, un Monarque œconome
Doit - il prodiguer l'or aux befoins d'un feul homme ?
J'ai voulu prendre part à nos communs revers,
Et par mes propres biens me racheter des fers.
J'allai chercher moi-même au fond de l'Armorique (1)
L'honorable débris de ma fortune antique,
Et des dons de Henri le dépôt précieux :
Lorfque ma digne époufe, accourant à mes yeux,
" Tu vois, m'a-t-elle dit, nos guerres inteftines
» Ont rempli nos climats de morts & de ruines ;
» Avant ton trifte fort, que je n'ai pu prévoir,
» A la patrie en pleurs, j'ai penfé tout devoir.
» Le bien de mes aïeux, égal à ma naifsance,
» Que m'avait confervé leur modefte opulence,
» Et qu'honora l'amour en l'offrant à Guefclin,
» Fut le tréfor du pauvre & nourrit l'orphelin ;

---

(1) Ancien nom de la Bretagne : Froiffard appelait encore
du Guefclin, l'*Aigle de l'Armorique.*

» Je leur ai livré tout dans ce tems si funeste ;
» Ton épée & ton nom , voilà ce qui nous reste ».
    É D O U A R D *avec transport.*
C'est avoir plus encore que les trésors des Rois. —
Ah ! sa bonté prodigue a prévenu tes loix.
Magnanimes époux , quel bonheur est le vôtre !
Toujours un de vos cœurs fait la gloire de l'autre.
    D U G U E S C L I N *affectueusement.*
Cher Prince , vous goûtez ce bonheur souverain.
Votre épouse , elle-même , en nous cachant sa main ,
Sous des noms supposés fit compter à mon frère
Cette riche rançon qu'exigeait votre père :
Mon erreur accepta ces secours imprévus.
Mais trente Chevaliers dans Bordeaux retenus ,
Courbés sous l'indigence & respirant à peine ,
Victimes de l'honneur , périssaient dans leur chaîne ;
   (*vivement.*)
Je leur ai partagé tout l'or de ma rançon ,
Et par leur liberté je rentre en ma prison.
Ils l'ignoraient , Seigneur , & vous devez le croire :
Plus utiles que moi pour fixer la victoire ,
Au camp de Transtamare ils ont su parvenir ,
Et peut-être en est-ce un qui veut m'entretenir.
    É D O U A R D.
Rien ne m'étonne en vous , mais tout me fait envie.
Quoi ! de vous imiter la douceur m'est ravie !
Mon père s'est bientôt repenti du traité ,
Qui , même à si haut prix , mettait ta liberté.

Il veut que ta rançon dans mes mains apportée,
Après les tems preſcrits, ne ſoit plus acceptée.
Ce matin j'arrivais, & déjà Dom Henri,
En m'offrant tout ſon or, demandait ſon ami :
Mais les tems ſont paſſés ; il faut que j'obéiſſe,
Que je faſſe à mon père un ſi dur ſacrifice :
Cet ordre eſt le premier de ce père adoré,
Oui, le ſeul dont mon cœur ait jamais murmuré.

DU GUESCLIN.

Je n'eſpère pas moins ma prompte délivrance ;
Tranſtamare au lieu d'or emploîra la vaillance.
Il ſait trop que lui ſeul a fait tout mon malheur,
Des chaînes de Gueſclin vous lui devez l'honneur....
N'en parlons plus. — Souffrez que j'acquitte la France
Du tribut de reſpect & de reconnaiſſance,
Qu'en délivrant Bourbon méritent vos bienfaits.
O Héros ! protecteur des Héros de Calais,
Dès l'enfance aux vainqueurs vous ſerviez de modèle :
Qu'à toutes vos vertus, j'aime à vous voir fidèle !
Mais ce ſont ſes pareils qu'un grand cœur doit chérir ;
C'eſt Valois dans les fers qu'Edouard put ſervir :
Sachez que votre bras ici ſe déshonore,
S'il protège un tyran que l'univers abhorre.
A quels noms mêlez-vous ce beau nom d'Édouard ?
Et parmi quels drapeaux flotte votre étendard ?
Voit-on deux Eſpagnols dans cette immenſe armée ?
De Muſulmans, d'Hébreux, elle eſt toute formée ;

Et

Et des dignes foldats de ce vil Navarrois (1),
Qui vend, trompe, affaffine, empoifonne les Rois.
Quel intérêt vous dicte une telle alliance ?
L'orgueil de relever l'ennemi de la France ?
Grace à la politique, à fa fauffe grandeur,
La gloire des Héros n'eft pas toujours l'honneur.

ÉDOUARD.

Eh bien! terminons tout par l'accord le plus fage :
J'avais befoin de vous pour un fi grand ouvrage.
Je vais revoir le Roi ; j'efpère le fléchir.

(lui prenant la main.)

Guefclin, nos longs débats vont enfin s'affoupir.

DU GUESCLIN *vivement.*

Si pour jamais, Seigneur, nos nations amies.....

ÉDOUARD *avec confidence.*

Va, l'Europe craindrait de les voir trop unies :
Le monde entier trembla quand le Roi des Anglais
Fut tout prêt de s'affeoir au trône des Français :
Ces deux peuples vainqueurs, l'un pour l'autre indomptables
Sous les mêmes drapeaux feraient trop redoutables ;
Et leurs fceptres, un jour raffemblés dans ma main,
Rendraient mes fucceffeurs les Rois du genre humain.
Le Ciel, en divifant la France & l'Angleterre,
Sauve la liberté du refte de la terre.

---

(1) Charles le Mauvais, Roi de Navarre, digne Allié de
Pierre le Cruel.

DU GUESCLIN.

C'eſt nous eſtimer trop : il eſt des Caſtillans ;
Des Germains... Je crois voir le Français que j'attens.

ÉDOUARD.

Je vous laiſſe.

(il ſort de la tente avant que le Français y entre.)

DU GUESCLIN *regardant le Français.*

Son caſque eſt fermé ! quelle crainte
Peut l'agiter ?

SCENE II.

DU GUESCLIN, UN CHEVALIER
inconnu.

LE CHEVALIER, *portant une écharpe blanche,
& ayant la viſière de ſon caſque baiſſée.*

Ici ſommes-nous ſans contrainte?

DU GUESCLIN.

Oui. — Mais quel ſon de voix !

LE CHEVALIER *levant la viſière de ſon caſque.*

Cher Gueſclin !

DU GUESCLIN *effrayé.*

Dom Henri !

Dieu !.. que prétendez-vous ?

Dom HENRI *tranquillement en lui prenant la main.*
Imiter mon ami;
Justifier son cœur par ma reconnaissance.

DU GUESCLIN.

J'admire avec terreur sa sublime imprudence,
Risquer votre couronne!

Dom HENRI.

Eh bien! je te la dois.

DU GUESCLIN.

Vos jours!

Dom HENRI *vivement.*

Cent fois Guesclin risqua les siens pour moi.
Va, d'un jeune Espagnol connais le caractère :
Notre orgueil, dédaignant une gloire vulgaire,
Loin de l'ordre commun va chercher des vertus;
Des périls sans exemple ont un attrait de plus.
Penses-tu que Dom Pèdre eût jamais pu s'attendre
Que, pour toi, dans son camp j'aurais osé me rendre?
Son cœur soupçonne-t-il la générosité?
L'audace du projet en fait la sûreté.
C'est pour toi que je tremble, & c'est ce qui m'amène :
Je connais trop mon frère & sa rage inhumaine,
Pour te voir dans ses mains sans en frémir d'effroi;
Tu fis tout mon bonheur, il te hait plus que moi.

DU GUESCLIN.

Qu'ai-je à craindre? Édouard dont seul je dois dépendre.....

Dom HENRI.

Édouard périra, s'il ose te défendre.
Qu'il s'attende lui-même au plus noir atténtat ;
Puisqu'il sert un tyran, il doit faire un ingrat. —
Ami, de mes trésors tu sais que l'offre est vaine,
Que les frayeurs de Londres éternisent ta chaîne :
Je veux de ce camp même aujourd'hui t'enlever :
J'ai formé ce dessein & saurai l'achever.
Va, je mets à profit les leçons de mon maître.
En marchant vers ces lieux j'ai su tout reconnaître :
A travers ce bois sombre & ces rochers affreux,
Mes soins ont découvert un chemin ténébreux ;
Où ramenant bientôt mon élite indomtable,
Je viens à sa prison ravir mon Connétable :
Et si mon imprudence a causé tes revers,
C'est ma sage valeur qui va briser tes fers.

DU GUESCLIN *avec véhémence.*

Oui, Prince : c'est ainsi que le droit de la guerre
Doit ravir noblement Guesclin à l'Angleterre.
Je ne peux fuir mes fers, mais on peut les briser ;
Et, libre par vos mains, j'ai droit de tout oser.
Énervé près d'un an par un repos infâme,
Le besoin de la gloire a fatigué mon ame :
Tems perdu pour l'honneur, tu seras remplacé :
L'excès de l'avenir remplira le passé. —
Mais Bourbon voudra-t-elle.... & peut-elle nous suivre
A la foi d'Édouard elle-même se livre....

Dom HENRI.

Ciel! que dis-tu? Bourbon!....

DU GUESCLIN.

Ce bonheur imprévu,

A votre oreille encor n'eſt donc pas parvenu?

Dom HENRI *treſſaillant d'inquiétude & de joie.*

Non: quel eſpoir confus égare ma penſée!

Dans mon cœur palpitant une joie inſenſée,...

Bourbon!

DU GUESCLIN.

Elle reſpire.

Dom HENRI.

O moment enchanteur!

Blanche,—tu vis encore!—& tu n'es point ma ſœur!

Je vouais à ton ombre une amour immortelle:—

Que mon cœur eſt heureux de ſe trouver fidèle!

Eh! qui l'a pu ſauver?

DU GUESCLIN.

Le ſage Dom Fernand.

Édouard de ſes jours répond ſeul maintenant.

Dom HENRI.

C'eſt à moi d'en répondre. Ah! mes pleurs, mon ivreſſe,

Tous mes ſens éperdus nagent dans l'allégreſſe:

Ami, courons vers elle.

DU GUESCLIN.

Où vous expoſez-vous?

Craignez tous les regards. Je tremble; on vient à nous:

(*en baiſſant la viſière du caſque de Dom Henri*).
Cachez plutôt vos traits. — C'eſt la Princeſſe même :
Préparons-la du moins à ſa ſurpriſe extrême.

SCENE III.

DOM HENRI, BLANCHE, DU GUESCLIN.

BLANCHE *ſortant de l'autre Tente.*

JE ne crois pas ici troubler votre entretien,
Les ſecrets de vos cœurs n'en ſont pas pour le mien.
 (*à Dom Henri*).
Si Henri ſait mon ſort, Seigneur, quelle eſt ſa joie !
    Dom HENRI *toujours couvert.*
Il le ſait.
    BLANCHE.
    Permettez du moins qu'il vous revoie
Chargé des vœux preſſans de ma juſte amitié.
Toujours à mes malheurs il s'eſt aſſocié ;
Jadis j'ai vu ſon ſang couler pour ma défenſe,
Qu'il ne haſarde point quelque triſte imprudence.
    DU GUESCLIN.
De celle qu'il haſarde, à vos yeux, je frémis :
Ici même, en ſecret, il voulait être admis.

BLANCHE *effrayée, à Dom Henri.*

Ah! courez prévenir.....

Dom HENRI, *d'une voix tremblante en*
lui prenant la main.

Il n'eſt plus tems peut-être.

BLANCHE.

Ciel! à ſon trouble.... au mien... puis-je le méconnaître?

Dom HENRI *levant la viſière de ſon caſque.*

Oui, c'eſt votre vengeur qui tombe à vos genoux,

(*il ſe relève.*)

Qui vous voit, vous adore, — & mourra votre époux.

BLANCHE *tendrement.*

Inſenſé! — ſe peut-il qu'un zèle téméraire
Vienne livrer pour moi la tête la plus chère?

Dom HENRI *avec la plus grande vivacité.*

Je vins pour l'amitié, j'ignorais mon bonheur :
Mais jugez pour l'amour ce qu'aurait fait mon cœur.—
Je le déclare enfin ce feu ſi légitime,
Que long-tems mon erreur a caché comme un crime;
Dès le premier regard que je levai ſur vous,
Mon œil fut indigné de vous voir un époux :
Pour vous ſuivre à l'autel j'accompagnais mon frère;
Sa froideur redoubla ma jalouſe colère.
Quand il ſortit du temple, & courut vous trahir,
Je ne ſai quel eſpoir me le fit moins haïr.
Dans l'avenir obſcur, une confuſe image
Me montra mon bonheur, — dont elle était le gage

Les vrais preſſentimens ſont un don de l'amour.
Je ne partageai point les regrets de la Cour;
Moi, qui de tout mon ſang voudrais payer vos larmes,
Dans un de vos malheurs j'oſai trouver des charmes.
Mais quand votre trépas fut par-tout publié,
Je mourais de douleur — ſans ſa tendre amitié.
Gueſclin, ſauvant mes jours d'un déſeſpoir funeſte,
Pour vous, ſans le ſavoir, en conſerva le reſte :
Le Ciel veut qu'en tous tems il ſoit de mon deſtin
De voir, dans mon bonheur, l'ouvrage de Gueſclin.

DU GUESCLIN.

Prince, un ſi noble aveu fait mon plus beau ſalaire. —
Reine, voilà l'époux choiſi par votre frère :
Charles, avant que Dom Pèdre en eut ſemé le bruit,
De l'hymen de Padille en ſecret fut inſtruit :
Et, pour vous délivrer, armant toute la France,
De ce Prince & de vous il conclut l'alliance :
Pour dot, ſur la Caſtille il vous tranſmit ſes droits,
Acquis à nos Bourbons au défaut des Valois.
Quand le Prince, éprouvant une diſgrace utile,
Dans l'aſyle des Rois vint chercher un aſyle;
Roi ſans trône, & dès-lors citoyen de Paris,
Vingt fois, pleurant vos jours que nous croyions finis,
J'ai vu Charles & Bourbon s'écrier ſans myſtère:
« Si Blanche reſpirait, ce ſerait-là mon frère. »
Le Ciel pour ce Héros vous ſauva du trépas;
Il veut unir vos cœurs pour unir deux Etats :

Par le sang des Bourbons, par la gloire enchaînées,
France, Espagne, à jamais joignez vos destinées.
BLANCHE.
Cher Prince ! c'est pour vous qu'on exige ma foi,
Le jour même où j'apprends qu'elle est encore à moi !
Quel sort heureux succède au sort le plus barbare !
Je crus être à Dom Pèdre & suis à Transtamare !
J'avouerai qu'en suivant votre frère à l'autel,
Je vous distinguai peu dans mon trouble mortel :
Et dès-lors par l'hymen me croyant asservie,
J'aurais dompté mon cœur, s'il m'eût jamais trahie.

Mais songez à Tolède, à nos communs revers ;
A ce jour où le Peuple indigné de mes fers,
M'enlevant avec rage à ma garde sanglante,
Dans un asyle saint me déposa mourante.
(à du Guesclin.)
Pèdre y vole ; il apporte & le fer & les feux ;
Me vient, en rugissant, saisir par les cheveux ;
M'entraîne…., Un bras s'oppose à sa fureur extrême ;
Un Héros le désarme ; — Henri, c'était vous-même.
Mais un soldat cruel donne son glaive au Roi,
Il frappe, & vous tombez palpitant près de moi :
J'expirais. — Pour souffrir, rappellée à la vie,
C'est depuis ce moment que je l'ai moins haïe.
Occupée en secret de mon cher défenseur,
Son image m'apprit à jouir de mon cœur :
Ce cœur timide & pur, qui s'ignorait lui-même,
Quand mon frère a parlé, s'avoue enfin qu'il aime ;

Et fe livre au bonheur feul fait pour me charmer
D'adorer par vertu ce que j'ai craint d'aimer.

DU GUESCLIN.

J'apperçois Edouard.

BLANCHE.

Redoutez fa préfence;

Dom HENRI.

Jamais il ne m'a vu ; foyez en affurance.

SCENE IV.

DOM HENRI, ÉDOUARD, BLANCHE, DU GUESCLIN.

ÉDOUARD.

Dom Pèdre à mes defirs daigne enfin fe prêter,
Madame : avec fon frère il confent de traiter ;
Et des conditions qu'il a droit de prefcrire,

(*à Dom Henri.*)

Chevalier, dans l'inftant il viendra vous inftruire.

BLANCHE *épouvantée.*

Grand Dieu !

DU GUESCLIN & Dom HENRI.

Pèdre !

ÉDOUARD.

Il me fuit.

Dom HENRI *à parr.*

Il faut périr.

BLANCHE.

Guesclin!....

ÉDOUARD.

Vous pâlissez tous trois ! quel est l'effroi soudain ?....

DU GUESCLIN.

Il est juste, Seigneur : vous voyez Transtamare.

BLANCHE *à du Guesclin.*

Cruel, vous le perdez !

Dom HENRI.

Quoi ! l'ami le plus rare

Me livre....

ÉDOUARD.

A ma foi, Prince ! & vous voilà sauvé.

Il me connaît.

(*à du Guesclin en l'embrassant.*)

Jamais tu ne l'as mieux prouvé :

Ah ! cette confiance & cet excès d'estime

M'attendrit jusqu'aux pleurs par sa candeur sublime.

DU GUESCLIN *tranquillement.*

Je vois l'occasion d'illustrer un grand cœur ;

Je ne puis m'en saisir, je l'offre à mon vainqueur.

ÉDOUARD *appelant un Anglais qui entre.*

(*à Dom Henri.*)

Névil ! — Eloignons Pèdre. Il peut, dans sa furie,

Me braver, & nous perdre.... aux dépens de sa vie.

(*vivement à l'Anglais.*)
Courez ; dites au Roi qu'un funeste devoir
Contraint ce Chevalier de partir sans le voir :
Qu'il faut qu'avec Guesclin moi seul je l'entretienne.
Faites garder ces lieux de peur qu'on nous surprenne.

(*l'Anglais sort.*)
BLANCHE *à Édouard.*
O Héros ! qui, deux fois, me sauvez dans un jour....
ÉDOUARD *montrant Dom Henri.*
A sa témérité je reconnais l'Amour.
DU GUESCLIN.
Non : & ce que l'amour entreprend par délire,
Le calme du courage à ce Prince l'inspire.
Il vint, de son épouse ignorant les destins,
Concerter un projet, — pour m'ôter de vos mains.
Dom Henri que, sans moi, couronna la victoire,
Se souvient d'un captif inutile à sa gloire ;
Le Roi devient soldat pour servir son ami.
Eh bien ! voilà le cœur que je vous ai choisi ;
Prince, mes deux Héros étaient fait l'un pour l'autre ;
Chérissez mon ami : — comparez-lui le vôtre,
Ce tigre tout souillé de sang & de forfaits : —
J'ai placé, mieux que vous, l'honneur de vos bienfaits.
Dom HENRI *à Édouard.*
Seigneur, ma défiance est un outrage insigne,
Dont je rougis dans l'ame, & dont l'honneur s'indigne :
Mais de la réparer mon orgueil est jaloux.
Montrez-moi les moyens de m'acquitter vers vous ;

En eſt-il ? ordonnez. Après la Bienfaiſance,
Le plus grand des plaiſirs c'eſt la Reconnaiſſance.

ÉDOUARD.

Je vous demande un prix bien digne de tous deux,
C'eſt la paix. Rempliſſez vos devoirs & mes vœux.
Craignez tous les malheurs des haines fraternelles ;
Aux plus affreux excès on eſt conduit par elles :
Deux cœurs, qu'un même ſang forma pour ſe chérir,
Oſeront s'immoler s'ils oſent ſe haïr.
Une fois affranchis des nœuds de la nature,
Nos fureurs ſont ſans frein, nos crimes ſans meſure.
Prévenez ſagement quelque ſcène d'horreur : —
Mais des conſeils des Rois évitons la lenteur.
Tous trois (avec prudence) oſons voir votre frère ;
Lui, Gueſclin, vous & moi, calmons l'Europe entière.

Dom HENRI.

Moi ? le voir !

BLANCHE *impétueuſement.*

Non, Seigneur.

ÉDOUARD.

Non pas en ce moment.

Vous nous avez ſurpris par ce déguiſement :
Sans doute il oſerait, pour vous punir en Traître,
Abuſer du prétexte ; & j'en ſerais peu Maître.
Il faut, dans votre camp, retourner inconnu :
De-là faites offrir un accord imprévu ;
Propoſez l'entretien, prenez-nous pour arbitres ;
Revenez dans l'éclat qui convient à vos titres.

Cette Tente peut voir, par mes juftes projets,
Un moment accorder les plus grands intérêts.

Dom H E N R I.

Sans l'aveu de Guefclin rarement je prononce,
Seigneur : mais dans fes yeux je crois voir fa réponfe.

D U G U E S C L I N.

La paix, Seigneur : il faut tout lui facrifier ;
C'eft le fruit précieux qui naît d'un vain laurier :
Qu'elle fuive toujours le Char de la Victoire,
Quand le Vainqueur eft Homme & digne de fa gloire.

Dom H E N R I.

Vos defirs font ma loi ; je pars, & je revien.....

B L A N C H E.

Jufte Ciel !

Dom H E N R I.

Sans efpoir, tenter cet entretien.

B L A N C H E.

Vous allez vous remettre à la foi d'un Parjure,
Qui s'eft fait en tous tems un jeu de l'Impofture.

É D O U A R D.

Un Parjure, à l'inftant qu'il promet avec moi,
Sait qu'il doit renoncer à violer fa foi.

Dom H E N R I *vivement.*

Quand même mon retour hazarderait ma vie,
Le bien de mes fujets, leur falut m'y convie ;
Si pour eux, dans ce camp, je m'expofe aujourd'hui,

(*montrant du Guefclin.*)

Je l'aurais fait pour vous, & je l'ai fait pour lui.

BLANCHE *plus vivement encore.*

Je fais trop qu'à vos yeux les périls ont des charmes.

Et dois-je me flatter d'infpirer, par mes larmes,

Les frayeurs d'une femme aux cœurs de trois Héros ?

Vous allez vous placer fous le fer des bourreaux ;

Maître une fois de vous, ce monftre fi fauvage

Au feul affaffinat bornera-t-il fa rage ?

(*à Edouard & du Guefclin en leur montrant D. Henri.*)

Vous le verrez tous deux lentement déchirer,

Et vos vaines fureurs ne pourront que pleurer.

Quoi ! Pèdre, pour régner, n'a befoin que d'un crime,

Et vous lui préfentez fa dernière victime !

(*à Dom Henri.*)

Mais vos deftins ici décideront mon fort ;

Si vous m'y préparez l'horreur de votre mort,

A vos yeux expirans je réferve la mienne ;

Il faudra, par devoir, que ma main vous prévienne ;

Et je ne fervirai, grace à mon feul fecours,

Ni de proie au tyran, ni de prix à vos jours.

EDOUARD.

Madame, où vous égare un défefpoir extrême ?

Songez-vous qu'avant lui je périrai moi-même ?

BLANCHE *avec la dernière chaleur.*

Oui, Seigneur, je le fais ; vous mourrez en Héros :

Mais vos malheurs de plus calmeront-ils mes maux ?

(*avec un frémiffement foudain.*)

Hélas ! fur fes périls lorfque je vous implore,

Le péril du moment eft plus terrible encore.

Si Dom Pèdre venait ! — Hâtez-vous de partir :
Ah ! deux fois de ſes mains eſpère-t-on ſortir ?

E D O U A R D.

Partez , Prince ; & bientôt vous me ferez apprendre
Quels ôtages, quels ſoins, quel tems vous voulez prendre.
Conduiſez-le, Gueſclin, juſqu'à ſes pavillons :
Moi , je cours vers le Roi pour ôter tous ſoupçons.

Dom H E N R I *à Edouard.*

Ses pleurs m'ont déſolé ; mais mon cœur perſévère.
        (*à Blanche.*)
Puis-je trop m'expoſer pour une paix ſi chère ,
                    (*montrant du Gueſclin.*)
Dont j'attends votre main , — & qui rompra ſes fers ?
Je hâte mon bonheur.

B L A N C H E.
        Ou mon dernier revers.

Fin du ſecond Acte.

ACTE III.

Tente d'Édouard.

SCENE PREMIERE.
DOM PEDRE, ÉDOUARD; GARDES *au fond.*

ÉDOUARD.

Mes vœux sont-ils remplis? & votre ame appaisée
A recevoir un frère est-elle disposée ?
Les intérêts du peuple à Guesclin sont remis :
Du pas qu'on fait vers vous sentez donc tout le prix.

Dom PEDRE.

Quoi ! Henri, dans ces lieux refusait de paraître !
Ce rebèle, en son camp, voulait mander son maître !

ÉDOUARD.

Ce n'est pas Dom Henri; ce sont tous vos sujets,
Aujourd'hui ses soldats, qui, blâmant mes projets,
N'osaient le confier à vos mains vengeresses.

D

Dom PEDRE.

Ces perfides fujets doutent de mes promeffes!

ÉDOUARD.

Mais leurs doutes, Seigneur, font-ils fi criminels?
Rapelez, envers eux, vos fermens folemnels,
Lorfque mon bras vainqueur terminant vos querelles,
Votre honneur me jura la grace des rebelles?
Je crus de votre peuple être le bienfaiteur;
Je crus lui rendre un père, & fus fon deftructeur:
Je rendis vos bourreaux à l'Efpagne indignée;
De larmes & de fang vos fureurs l'ont baignée:
De tous vos vieux amis Fernand feul voit le jour.
Quand ma bouche en ces lieux demande tour-à-tour
Grands, Miniftres, Guerriers fameux par leurs fervices;
La réponfe eft toujours le nom de leurs fupplices.
Et Dom Pèdre eft furpris d'infpirer de l'effroi?
Et Dom Pèdre eft furpris qu'on doute de fa foi?
Ah! fi felon mes vœux le Traité fe confomme,
Sur le trône à la fin, vais-je placer un Homme?
En vous frappant deux fois, la jufte adverfité
Ne vous a-t-elle pas appris l'humanité,
La vertu des grands Rois, leur volupté fuprême?
Eh! quels droits plus divins donne le diadême,
Que de pouvoir fans borne étendre fes bienfaits;
Recueillir tous les jours les plaifirs qu'on a faits;
Trouver à chaque inftant, dans fon ame adorée,
Le centre du bonheur d'une vafte contrée?

Dom P E D R E *avec impatience.*
Mon peuple m'était cher, quand j'en étais chéri :
Il m'a trahi par-tout, par-tout je l'ai puni.
ÉDOUARD.
Prince (1), punir en Roi, c'est châtier en père.
Il faut qu'à mes dépens enfin je vous éclaire :
(*il lui prend la main affectueusement.*)
Mon aïeul, comme vous, proscrit, dans l'abandon,
Méprisa du malheur la première leçon ;
Et pour lui la seconde, hélas ! fut la dernière :
Leçon pour vous & moi terrible & salutaire (2).
Peut-être craignez-vous d'avoir par vos rigueurs,
Loin de vous, sans retour, écarté tous les cœurs :
Mais que le cœur du maître aisément les rappelle !
Que sans peine il leur rend leur pente naturelle !
Le devoir est pour eux l'aiguillon de l'amour,
Qui les gêne en secret & les pousse au retour :
Un père, un Roi haï répugne à la nature ;
Demandez (3) qu'on vous aime, & la haine s'abjure.

---

(1) *Il y avait ici ces autres vers :*
Mais pour le châtier, fallait-il le détruire ?
Ah ! Prince ! à mes dépens je vais donc vous instruire.
Mon aïeul, une fois proscrit par ses Barons
Méprisa du malheur les premières leçons.
(2) Mon respect pourrait-il parler mieux à mon père ?
(3) Permettez.

SCENE II.

DOM PEDRE, ÉDOUARD, ALTAIRE, DOM FERNAND, GARDES.

Dom FERNAND *au Roi.*

Seigneur, le Prince arrive ; aux mains des ennemis
Les ôtages par moi viennent d'être remis.

ÉDOUARD.

Au devant de ses pas, je vais soudain me rendre :
Prince, je le reçois ; Roi, vous devez l'attendre.

(il sort.)

ALTAIRE.

Je ne m'oppose point à tes nouveaux projets ;
Je vins pour la bataille, & consens à la paix ;
Quoique tous vos Chrétiens que le faux zèle inspire,
En jurant de s'aimer jurent de nous détruire (1).
Au moins l'hommage pur qui m'est ici rendu,
Du Maure incorruptible atteste la vertu :
Le choix des Castillans, pour garder Transtamare,
Préférait mes soldats aux nobles de Navarre !

---

(1) Les Princes Chrétiens ne faisaient jamais alors de Traité de paix entre-eux, sans y stipuler expressément une Croisade contre les Infidèles.

Tu ne l'as point permis , — & je crains ce refus :
Mais contre tes fujets fi tu ne combats plus ,
J'ai le bonheur de voir mon peuple magnanime ,
Au lieu de leur dépouille , emporter leur eftime.

(il fort.)

SCENE III.

DOM PEDRE, DOM FERNAND, GARDES.

Dom PEDRE.

Fier Henri , te voilà dans les mains de ton Roi !
Après m'avoir trahi , tu comptes fur ma foi ?
Il faut être prudent quand on eft infidèle :
Tu vas voir les traités du maître & du rébèle.
Toi , fous le nom d'arbitre , oppreffeur infolent ,
Qui m'écrafe du poids d'un mérite accablant ,
Superbe Anglais , tu veux me commander fa grace :
Il fallait d'une armée appuyer ton audace.

Dom FERNAND.

Et , malgré vos fermens , vous vous croyez permis....

Dom PEDRE.

Va , ma bouche a juré , mon cœur n'a point promis.

D 3

Dom FERNAND.

Mais bientôt Édouard foulevant l'Angleterre,
Viendra.....

Dom PEDRE.

Je vais tarir les fources de la guerre.
Tranftamare n'a point de fils pour fucceffeur :
Lui mort, fon parti tombe & cède à la terreur.
Édouard & Guefclin refferrés dans mes chaînes,
Contiendront de leurs Rois les impuiffantes haînes.

(bas à Dom Alvar.)

Henri vient ! Soyez prêt ; qu'il tremble de fortir :
Il a fon choix à faire ; obéir ou mourir.

(Il fait figne à Dom Fernand de fe retirer.)

SCENE IV.

DOM PEDRE, DOM HENRI, ÉDOUARD, DU GUESCLIN.

ÉDOUARD *tenant Dom Henri par la main.*

(à Dom Henri.)   *(à Dom Pèdre.)*

Voila votre Roi, Prince : — Et voilà votre frère,
Sire.

Dom P E D R E *à part , en regardant Dom Henri.*

Déjà mon fang bouillonne de colère.

É D O U A R D.

Embraffez - vous.

(*Dom Henri fait un pas vers fon frère.*)

Dom P E D R E.

Arrête, avant cette faveur,
Sachons s'il en eft digne. Écoutons - le.

(*il fe jette fur fon fiége.*)

Dom H E N R I *à Edouard.*

Seigneur,
Sa dureté . . . .

É D O U A R D *avec dépit.*

Je fuis le premier qu'elle offenfe.
Prenons place.

(*ils s'afféient.*)

Dom H E N R I.

Je garde un refte d'efpérance :
Je vois, avec un cœur & des yeux attendris,
Ce fpectacle nouveau pour l'Univers furpris ;
Deux Rois prêts à juger leur droit à la couronne ,
Avec les deux Héros protecteurs de leur trône.

Dom P E D R E *qui s'eft levé avec fureur au mot*
de deux Rois.

N'avilis point les Rois. C'eft aux ufurpateurs
A flatter, par befoin , d'orgueilleux défenfeurs :

Un vrai Roi ne connaît ni protecteurs ni maîtres ;
(*En montrant Edouard.*)
Mais il a des amis qui le vengent des traîtres.

(*il se r'assied brusquement.*)

É D O U A R D *à Dom Pèdre.*

Seigneur, si chaque mot enflamme vos esprits ,
Comment traiter l'objet qui nous a réunis ? —
C'est moi qui vais parler, daignerez-vous m'entendre ?
(*à Dom Henri.*)

Mais je vais m'adresser à votre ame plus tendre.
Fils de Roi , dès l'enfance on dût vous enseigner
Quel sceau Dieu même imprime à ceux qu'il fait régner:
Son être , sur la terre , en eux seuls se retrace ;
Ils ont les droits du Dieu dont ils tiennent la place.
Né de ces droits sacrés le premier défenseur ,
On vous en a rendu l'impie usurpateur.
Frère de votre Roi , sans un double parjure ,
Avez-vous pu trahir le trône & la nature ?
Vingt fois , en combattant ces deux titres si saints ,
Un double parricide a pu souiller vos mains. —
(*Dom Henri frémit.*)
Je veux fixer vos yeux sur cette affreuse image,
Dont j'ai vu , malgré vous , frémir votre courage.
On vante votre cœur valeureux , bienfaisant ,
Des plus rares vertus exemple séduisant ;
Chef, soldat, Prince, ami, vous êtes mon modèle :
Disputez-moi , Seigneur , une gloire plus belle ;

Préférons tous les deux , magnanimes rivaux ,
La probité de l'homme aux talens du Héros.
C'eſt par là qu'Edouard , honoré ſur la terre ,
Expia les lauriers qu'il cueillit dans la guerre :
Plus citoyen que Prince , & docile à mon Roi ,
Ses plus ſimples deſirs ſont ma ſuprême loi ;
A ſon trône appellé du jour de ma naiſſance ,
Le dernier des ſujets a moins d'obéiſſance ;
Je voudrais de mon maître éternifer les jours ;
Je ne demande au Ciel que d'obéir toujours.
Mais qui ravit le ſceptre à la main de ſon frère ,
L'aurait-il reſpecté dans la main de ſon père ?
Pardonnez ; je vous veux arracher votre erreur ,
Et dois vous la montrer dans toute ſon horreur.

(*plus vivement.*)

Cher Prince , lavez-vous d'une tache ſi noire ,
Qui va de ſiècle en ſiècle obſcurcir votre gloire :
Admirez le moment que j'ai ſu vous choiſir.
De céder en vaincu vous auriez pu rougir ;
Il eût été honteux au vaillant Tranſtamare
D'abdiquer la conronne au ſortir de Najarre.
Mais aujourd'hui vainqueur dans trois combats ſanglans ,
Après le plus long cours des faits les plus brillans ,
Quand Pèdre voit enfin l'empire qu'il poſſède
Réduit à ce ſeul fort , aux ſeuls murs de Tolède :
Vous , conquérant des biens que vous lui diſputiez ,
Prendre ſceptre , couronne , & les mettre à ſes pieds ;

Voilà de la vertu l'effort le plus infigne ,
Le miracle inouï, dont vous feul êtes digne ;
Un triomphe immortel que vos chefs, vos foldats,
La fortune & Guefclin ne partageront pas.

Ce n'eft point tout. Je fais que, dans un cœur qui l'aime,
La vertu fe fuffit, eft fon prix elle-même :
Je viens pourtant offrir, à votre œil détrompé,
Un trône bien acquis pour un trône ufurpé :
L'échange en eft heureux ; il faut que je m'explique.

Vous voyez, comme moi, fous quel joug tyrannique
La moitié de l'Efpagne expire en gémiffant :
Vous favez par quel crime à jamais flétriffant
Appellés, introduits au cœur de vos provinces,
Les defpotes d'Afrique ont dépouillé vos Princes.

(*avec chaleur, à du Guefclin.*)

O Chrétiens infenfés ! dans un autre univers
On court à l'infidèle arracher des déferts,
Et des beaux champs d'Europe on leur laiffe l'empire ?
Armons-nous, réparons un fi honteux délire :
Que pour ce grand objet quatre Rois fe liguans,
Aux fables de Ceuta rejettent ces brigands.

(*à Dom Henri.*)

Prenez un fceptre offert par la patrie entière,
Et détrônez le Maure & non pas votre frère :
Sous vous, avec Guefclin, je marche le premier :
Nous fommes deux foldats, & lui feul eft guerrier.
Confions fagement à l'œil de fa prudence
Les armes d'Angleterre & d'Efpagne & de France :

Pèdre, dans ce projet, nous secondera tous :
Charles en fut l'inventeur, mon père en est jaloux ;
Même il m'a dit vingt fois: « malgré nos longues haînes,
» Quand l'honneur parlera, Guesclin n'a plus de chaînes ».
Ainsi le sceptre heureux que je viens vous livrer,
Rompt les fers de l'ami qui va vous l'assurer.
Je ne vous parle point d'un prix plus doux encore,
Le Roi peut vous céder la Beauté qu'il adore :
Vous allez satisfaire, honorer en ce jour
La vertu, l'amitié, la patrie & l'amour.
Prononcez.

Dom H E N R I.

Je venais à vous, comme à mon frère,
Proposer ce projet, — sur un plan tout contraire :
Votre offre plus brillante a droit de m'émouvoir ;
Mais me justifier est mon premier devoir.

Me punisse le ciel si, par quelques intrigues,
Tramant contre mon Roi d'ambitieuses ligues,
Et si, lui dérobant les cœurs de ses sujets,
J'osai jusqu'à son trône élever mes projets.
Mais, quand ses bras cruels, excités par Padille,
Eurent pendant deux ans dévasté la Castille,
Un peuple d'orphelins, levant les yeux vers moi,
Crut que les pleurs d'un frère attendrissaient un Roi,
Et que jusqu'à son cœur, une main plus chérie
Ferait couler enfin les pleurs de la patrie.
Pour la première fois troublant son calme affreux,
J'apporte à ses genoux des larmes & des vœux :

Savez-vous fa réponfe? Un poignard, — qu'on arrête,
Et que deux fois encore il lève fur ma tête :
Padille le défarme. — Et moi, toujours foumis,
J'allai pleurer ailleurs mon frère & mon pays.
Sa fureur me pourfuit fur tout ce que j'adore;
En s'abreuvant de fang, il s'en altère encore ;
Et fans vous retracer mes amis, mes parens,
Mes cinq frères, hélas! fous fon glaive expirans,
Songez que fes bourreaux ont maffacré ma mère ; —
Et voilà tous fes droits pour détefter fon frère.

Dom P E D R E.

Ta mère, à ta naiffance, a mérité la mort.
(*Édouard & du Guefclin font un mouvement d'indignation*).

Dom H E N R I *impétueufement.*

Vous l'entendez, Seigneur; a-t-il quelque remord?
Ce fut donc pour fauver les derniers de ma race,
Que j'acceptai ce trône où l'on m'offrait fa place.
Si vos vaillantes mains furent l'y rétablir,
De vos plus grands exploits il vous force à gémir.
L'Efpagne, retournant fous l'empire des crimes,
N'eft qu'un vafte bûcher tout couvert de victimes :
Pour la fauver encore on n'appelle que moi;
Sans or & fans foldats, j'arrive, & je fuis Roi.

Ainfi fes cruautés me donnent fes provinces;
L'amour, le choix du peuple a fait les premiers Princes :
Quels titres font plus purs, plus juftes, plus flatteurs?
Le fceptre eft un préfent que m'ont fait tous les cœurs.

Dom PEDRE *toujours avec violence.*

Mon peuple est-il mon juge? --Amour, rigueur, vengeance,
Oubli de mes devoirs, abus de ma puissance,
J'en dois compte à moi seul. Vous, nés pour obéir,
Au lieu de me combattre il fallait me fléchir;
Mais de mes passions vous irritiez la flamme.
J'ai vu mes vils sujets attenter sur mon ame,
En superbes tyrans disposer de ma foi.
Je repoussai Bourbon qu'ils m'offraient malgré moi:
Ils proscrivaient Padille, elle m'en fut plus chère;
Et je la défendis contre ma propre mère.
Enfin, si je versai votre sang criminel,
Je fus juste, sévère, & ne fus point cruel.

(plus impétueusement.)

Rends-moi mon trône, ou crains que plus sévère encor..

Dom HENRI.

Du trône de Grenade on veut priver le Maure;
Et je venais t'offrir mon armée & mon bras
Pour te couronner Roi sur leurs riches états.
Rends ces peuples heureux: la Castille peut-être,
Te voyant mieux règner, regrettera son maître.
Quittant son sceptre alors, Henri te le rendrait,
Et l'empire du Maure en ma main reviendrait. —

· (voyant l'air furieux de Dom Pèdre.)

Mais non: puisqu'Édouard m'offre avec cet empire,
Une épouse, un ami, premiers biens où j'aspire,
Je suis prêt d'accepter ....

DU GUESCLIN.

Qu'allez-vous faire, ô Ciel !
Mettre ce peuple encore fous le couteau mortel ?
Si pour ma liberté, votre cœur facrifie
Les jours de vos fujets, le fang de la patrie,
En vous déshonorant, vous allez m'avilir : —
Et je fuirais un Roi qui m'aurait fait rougir.

Pour Blanche ; c'eſt Valois dont elle doit dépendre ;
Son choix vous l'a donnée, & l'on veut vous la vendre ;
Quel droit fon meurtrier prétend-il aujourd'hui ?
Il ordonna fa mort, elle eſt morte pour lui.

Dom PEDRE.

Quoi ! tu veux dans fa haine affermir ce rebelle ?
Il renonçait au crime, & ta voix l'y rappelle !
Traître, tu fus toujours aux confeils, aux combats,
Ou l'auteur, ou l'appui de tous fes attentats.

DU GUESCLIN.

J'ai rempli des devoirs que vous avez fait naître.
Vous futes l'affaffin de la fœur de mon maître ;
Chargé de vous punir, je vous ai détrôné :
Je refpecte ce front, puifqu'il fut couronné :
Mais je fers un monarque avoué par la France,
Un peuple dont mon Roi m'a commis la défenfe.
De ce peuple expirant le reſte enfanglanté
Ne veut plus de vos loix fubir la cruauté :
Je le déclare au nom de la Caftille entière,
Qui de fes droits ici me rend dépofitaire,

Au feul trône du Maure afpirez déformais;
Dom Henri veut envain vous donner fes fujets.
Voici leurs propres mots : « S'il cède ou perd l'empire
» Un autre y va monter, & nous allons l'elire.
» Dom Pèdre nous a fait rentrer dans tous nos droits.
» Eft-ce pour l'égorger que le peuple a des Rois ?
» Quand on s'eft féparé de la nature humaine,
» Que pour elle, d'un Tigre on imite la haine.
» Comment des nations réclame-t-on la foi ?
» Abjurant le nom d'Homme, on perd le nom de Roi. »

Dom P E D R E *voulant metttre l'épée à la main.*

C'en eft trop, & ton fang.

ÉDOUARD *l'arrêtant.*

Qu'ofez-vous entreprendre ?

Dom HENRI *s'élançant au devant de du Guefclin.*

C'eft mon fang le premier qu'il faut ici répandre.

ÉDOUARD *à Dom Pèdre.*

Un Guerrier défarmé, mon captif, mon ami !

Dom P E D R E.

Lui ! qui des droits du trône éternel ennemi,
Vient d'avancer contr'eux une horrible maxime,
Redoutable à fon maître, à tout Roi légitime ?

DU GUESCLIN.

Vous outragez mon Roi. Sur le fort des Tyrans
Il peut jeter en paix des yeux indifférens :

De leur chûte effroyable il ne craint pas l'exemple :
Son cœur se rend justice alors qu'il se contemple ;
Il sait, en nous aimant, pourquoi nous l'adorons :
Les Titus craignent-ils le destin des Nérons ?

ÉDOUARD, *arrêtant encore Dom Pèdre,*
qui fait un nouveau mouvement.

Guesclin, vous oubliez la Majesté suprême....

DU GUESCLIN.

Voulant m'assassiner, il l'oubliait lui-même.

(*montrant Dom Henri.*)

D'ailleurs, il n'est ici qu'un Roi pour un Français.

Dom PEDRE.

(*à du Guesclin.*) (*à Dom Henri.*)

Tremble. — Et toi, sors.

Dom HENRI.

Eh bien ! plus d'accord, plus de paix ;
Moi ! j'allais te livrer un peuple qui m'adore !
Ah ! je serais moins lâche en le livrant au Maure.

(*à Édouard*).

Adieu, Prince : osez-vous être encor le vengeur
D'un barbare ?..

ÉDOUARD.

Oui, je l'ose : oui, ma foi, mon honneur,
Mon père, ont garanti son sacré diadême :
Je vous en offre un autre ; il cède ce qu'il aime...

Dom

Dom P E D R E.

Moi ?

É D O U A R D.

(*à Dom Henri.*)

Tout, hors votre sceptre. — Et vous, vous acceptez.
Le peuple seul ici s'oppose à nos Traités :
Voyons s'il soutiendra les maîtres qu'il se donne,
Mieux que je ne soutiens ceux que le ciel couronne :
Marchons à la bataille.

Dom H E N R I.

Il est d'autres moyens ;
En épargnant, Seigneur, le sang des citoyens,
De finir noblement cette grande querelle. —
(*il regarde son frère.*)

Dom P E D R E.

Oui, viens au champ d'honneur ; ton Roi même t'appèle :
Le plaisir de t'y voir expirer de ma main
Fait renoncer ma rage à tout autre dessein.

Dom H E N R I.

Bourreau de tous les miens, meurtrier de ma mère,
Je pourrais t'immoler sans immoler mon frère.
Mais je serais un monstre aussi cruel que toi,
Si j'osais dans ton sang me baigner sans effroi.
Tu ne m'as point compris. Pour éviter un crime,
Suivons des Chevaliers l'usage magnanime :
Deux amis avec nous tenteront ce hasard,
Viens combattre Guesclin, je combats Édouard.

E

DU GUESCLIN.

O projet d'un Héros, d'un ame grande & pure,
Qui sert l'Humanité, la Gloire & la Nature !

Dom PEDRE *à Édouard.*

Allons, Prince;

ÉDOUARD *fièrement.*

Arrêtez. Je ne suis pas suspect

(*à du Guesclin.*)   (*à Dom Henri.*)

D'éviter un combat, de fuir à votre aspect. —

(*à tous.*)

Imitez d'un Anglais le courage tranquile,
Voyez de ce cartel l'imprudence inutile.

(*aux deux Frères.*)

Si le sort, pour vainqueurs, choisit Guesclin & moi ;
En vous perdant tous deux, la Castille est sans Roi.
Mais si vos deux amis tombent dans la carrière,
Le frère y reste alors seul rival de son frère :
Et vous voilà, Seigneurs, tous prêts de revenir
Au parricide affreux qu'on cherche à prévenir.
Non ; il est juste ici que le Peuple s'expose :
Armé contre les Rois, qu'il défende sa cause :
Qu'un combat général le force au repentir : —
Peut-être, de Najarre il va se souvenir.

Dom HENRI *vivement.*

J'y reçus des leçons que je brûle de rendre ;
Et qui perd des lauriers s'instruit à les reprendre.

Je me croirais certain de vaincre mon vainqueur ;

(*montrant du Guesclin.*)

Si j'avais ce Héros, — qu'il craint au fond du cœur.

ÉDOUARD.

J'admire ce Héros, je ne fais pas le craindre.

Dom HENRI.

Dans des fers éternels pourriez-vous le contraindre (1)
Si votre père & vous....

ÉDOUARD.

Soyez libre, Guesclin.

(*Les trois autres Personnages témoignent la plus
grande surprise.*)

DU GUESCLIN.

Voilà mon vrai rival.

Dom HENRI *avec transport.*

Je règne donc enfin.

(*il embrasse du Guesclin.*)

Dom PEDRE *à Édouard.*

Votre Père....

ÉDOUARD.

Eût rougi d'un soupçon téméraire :
Quand j'agis pour l'Honneur, j'ai l'aveu de mon Père.

---

(1) Dans des fers éternels quand on l'ose contraindre,
On craint sa liberté.

DU GUESCLIN *à Édouard, en lui prenant la main.*

Ah, cher Prince! où trouver jamais d'auffi grands cœurs?

ÉDOUARD *affectueufement.*

Chez vos Français, Guefclin, quand ils font nos vainqueurs.

Dom HENRI.

Je vais vous envoyer fa rançon toute prête.

ÉDOUARD *noblement.*

Eh! quel prix? — En a-t-il?

Dom PEDRE *à Édouard.*

J'ai des droits fur fa tête ;

Il fut pris dans mon camp... Mais vos vœux font les miens;
Qu'il parte, & finiffons ces fâcheux entretiens :
    (*il appelle.*)
Alvar. (1)

---

(1) Dom Alvar.

Dom HENRI *bas à Édouard en le faluant.*

Que Bourbon va condamner fa crainte !

Dom PEDRE *à part, tandis que Dom Alvar s'avance*
avec des Gardes.

Eloignons Édouard, pour frapper fans contrainte
Quand je ferai vengé, qu'importe fa fureur ?
    (*haut à Dom Alvar.*)
Conduifez-les .... tous deux.
    (*ces derniers mots font ajoutés , en montrant du Guefclin*
    avec un œil d'intelligence.)
    (*à Édouard.*)
Le tems preffe, Seigneur.

Dom HENRI *à Édouard.*

Prince, à Guesclin que Bourbon soit remise.

Dom PEDRE.

Pense-tu qu'Édouard manque à la foi promise ?
Je te tiens dans mon camp, j'y manquerais pour toi.

ÉDOUARD *à Dom Henri.*

J'attends l'ordre de Charles, & ce sera ma loi.

Dom PEDRE *d'un œil d'intelligence à Dom Alvar*
qui est entré avec des Gardes.

Conduisez-les, tous deux.... vous m'entendez peut-être,
Guesclin, dans son armée, accompagne ce traître.
(*à Édouard en lui prenant la main pour l'emmener.*)
Allons ranger la mienne, & volons aux combats :
   (*à son frère.*)
Monarque d'un moment, la mort suivra tes pas.

DU GUESCLIN *vivement à Édouard.*

Et de ma liberté c'est le premier usage
D'aller contre vous-même exercer mon courage ?

Guesclin dans son armée accompagne ce traître,
Daignez ranger la mienne, & me suivre.

Dom HENRI *à Édouard en montrant du Guesclin.*

                              Ah ! peut-être
Il faudrait que Bourbon fût remise à sa foi.

ÉDOUARD.

J'attens l'ordre de Charle, & m'en suis fait la loi.

Non ; je vais du combat différer le hasard ,
Pèdre ne peut long-tems être ami d'Edouard.

Dom P E D R E.

Pèdre pourra bientôt punir tant d'insolence.

(*bas à Dom Alvar.*)

Va, j'emmène Édouard ; va remplir ma vengeance.

(*Il sort avec Édouard : Dom Henri & du Guesclin
sortent avec Dom Alvar & l'escorte.*)

Fin du troisième Acte.

ACTE IV.

SCENE PREMIERE.

DOM PEDRE, DOM FERNAND.

Dom FERNAND.

Quoi ! vous avez trouvé d'affez lâches mortels,
Pour fe vendre fans honte à vos defirs cruels ?
O trop fidèle Cour du monftre de Navarre !
Contre la foi publique arrêter Tranftamare !
Pour un tel attentat fi vous m'aviez choifi,
Aux dépens de mes jours j'aurais défobéi.
Tandis que maîtrifant le deftin des batailles,
Édouard, de Tolède, affure les murailles ;
Que l'afpect d'un Héros ardent à vous fervir
Y retient tous les cœurs déjà prêts à vous fuir ;

E 4

Vous lui faites ici la plus sanglante injure ;
Vous manquez à sa foi, vous le rendez parjure ;
Et de mépris sans nombre osant flétrir son nom,
Vous enlevez sa Garde & ravissez Bourbon !
Ah ! quand il va savoir ce comble de l'outrage...

Dom PEDRE.

Lui-même est observé. J'enchaînerai sa rage :
Il pense à tous ses vœux m'asservir d'un coup d'œil ;
Mon orgueil est jaloux d'insulter son orgueil.
Le malheur m'imposa l'affront de me contraindre ;
Mais le péril passé, j'abjure l'art de feindre.

Dom FERNAND.

Dieu juste ! — Et votre frère ? Ah ! peut-être il n'est plus.

Dom PEDRE *avec rage.*

Il vit : grace à Guesclin, mes coups sont suspendus.
Guesclin m'est échappé. Ce mortel redoutable,
Déployant de son bras la force inconcevable,
A percé l'escadron qui l'avait entouré,
Et seul au camp rebèle a soudain pénétré :
Voilà, — pour un moment, — le seul frein qui m'arrête,
Si, de l'usurpateur, je fais tomber la tête,
Les Grands de la Castille, animés par Guesclin ;
Menacent de nommer un autre Souverain.
Mais Dom Henri vivant excite leurs allarmes ;
Pour racheter ses jours, il faut quitter les armes :
J'exige, sans délai, pour prix de son pardon,
Leur pleine obéissance & la main de Bourbon.

Gardes, amenez-moi Tranſtamare & la Reine. —
Je l'ai revue encore : & je conçois à peine
L'amour qu'en tous mes ſens allument ſes attraits.
Il croît par ſes mépris. Non, Padille & Pérès
N'avaient jamais porté dans le fond de mon ame
Ce feu tumultueux qui m'ennivre & m'enflâme.
Je ſens à mes tranſports que mon frère eſt heureux. —
Eh bien ! que leur amour me ſerve ici contre eux :
Qu'elle paſſe en mes bras pour ſauver ce qu'elle aime,
Ou que, tremblant pour elle, il la cède lui-même.

(Il fait ſigne à Dom Fernand de ſe retirer.)

SCÈNE II.

DOM PEDRE, DOM HENRI *enchaîné*, BLANCHE *enchaînée*, GARDES.

Dom HENRI entrant avant Blanche.

J'ATTENDAIS qu'un bourreau vint finir mon deſtin :
Mais tes frères ſont nés pour mourir de ta main.
(voyant Blanche arriver.)
Frappe. — Ah Dieu ! la Princeſſe aux fers abandonnée ?
BLANCHE appercevant Henri.
C'eſt vous ! je me croyais la ſeule infortunée.
Et l'auguſte Édouard vengeur des trahiſons...

Dom HENRI.

Eſt la victime, hélas! du glaive ou des poiſons:

(*à Dom Pèdre.*)

De ceux qui t'ont ſervi c'eſt toujours le ſalaire.

Dom PEDRE.

Ton ſang aurait payé ce diſcours téméraire,
Si d'autres ſentimens, qui domptent ma fureur,
Pour la première fois ne parlaient à mon cœur.
Ce changement, Madame, eſt votre heureux ouvrage;
A lui laiſſer le jour je ſouſcris & m'engage,
Pourvu que vous veniez en face des Autels,
Renoüer à l'inſtant nos liens ſolemnels.
C'eſt à moi que jadis Valois vous a donnée.
Depuis, à Tranſtamare il vous a deſtinée
Quand mes engagemens ne pouvaient ſe remplir.
Mais lorſqu'enfin je puis & veux les accomplir,
Maître de ſa promeſſe en obſervant la mienne,
Il n'eſt prétexte, excuſe, ou loi qui nous retienne.
Vous pouvez, apportant la paix à l'Univers,
Unir par un ſeul nœud mille intérêts divers:
L'Eſpagne, à votre nom, ſent expirer ſa haine,
Et revient à ſon Roi par amour pour ſa Reine;
La France ſatisfaite appuiera ma grandeur;
J'aurai Valois pour frère, & Gueſclin pour vengeur.
Je ne vous cache point quel eſt l'amour extrême
Qui m'aſſervit à vous & m'arrache à moi-même:

Jugez de ſon pouvoir ſur mon cœur étonné ;
Oui , ce qu'on n'a point vu depuis que je ſuis né ,
Je commande à ma haine & ſuſpends ma vengeance ,
J'écoute & je conçois des projets de clémence.
Me les faire achever eſt un devoir bien doux ,
Un honneur , que le Ciel ne réſervait qu'à vous :
Je n'épargnai jamais une tête rebelle ;
Je pardonne , pour vous , à la plus criminelle ;
Et j'offre un ſûr garant à vous , à mes Sujets
Du bien que je ferai , dans le bien que je fais.
Oſez répondre.

(à Dom Henri.)

Et toi , ſi tu prétends à vivre ,
Le premier , vers l'Autel , preſſe-la de me ſuivre.

Dom HENRI à Blanche vivement.

Ainſi , depuis cinq ans , par un art trop connu ,
Marchant de crime en crime il promet la vertu !

(vivement.)

Sachez qu'un autre hymen (Padille encor vivante)
Engageait à Pérès la main qu'il vous préſente ,
A Pérès qu'il ravit des bras de ſon époux.
Il me promet le jour , s'il s'unit avec vous ;
Eh bien ! de cet hymen que la pompe s'apprête ,
C'eſt par mon échaffaud que finira la fête.

Dom PEDRE.

Quoi ! traître ! ...

Dom HENRI *à Blanche très-rapidement, comme*
quelqu'un qui craint d'être interrompu.

Ignorez-vous comme il fait pardonner ?
Le jour que dans Tolède il vint m'affassiner,
Tout un Peuple tombait fous fa main fanguinaire.
Un fils lui demanda de mourir pour fon père :
Pèdre accepte l'échange, & fe croit généreux :
Il s'en repent foudain & les frappe tous deux.
Preffez-vous maintenant de mériter ma grace.

Dom P E D R E *furieux.*

Les plus affreux tourmens pour prix de tant d'audace...
Qu'on l'entraîne....

B L A N C H E *éperdue.*

Arrêtez. — Que dois-je faire, hélas !
Soufcrire à mon opprobre ! — ordonner fon trépas ! —
(*à Dom Henri.*)
Cruel, je l'ai prédit : nos maux font votre ouvrage.

Dom P E D R E *à Blanche.*

Vous l'aimez, je le vois : vous redoublez ma rage.
Il faut... Tremblez enfin de mon jaloux tranfport
Ou me fuivre à l'Autel, — ou le fuivre à la mort.

B L A N C H E *avec affurance.*

Ah ! Tyran, ta menace a diffipé ma crainte.
Oui, je l'aime : en mourant je le dis fans contrainte :
Et dans tout ton pays, grace à ta cruauté,
Mon cœur ferait le feul qu'il ne t'eut point ôté.
Je vois que ta noirceur s'eft juré fon fupplice,
Que ton horrible hymen m'en rendrait la complice :

Va, ne l'efpère point : va, je faurai mourir ;
J'ai fait plus jufqu'ici, j'ai fu vivre & fouffrir.
Oui, de ma fermeté je te dois l'avantage,
L'habitude des maux a doublé mon courage.
Peut-être fes beaux jours que je voudrais fauver
M'auraient fait confentir... Je rougis d'achever.

　　(*avec la plus grande véhémence.*)

Grand Roi, qui des Bourbons le père & le modèle,
As reçu dans les Cieux la couronne immortelle,
Livreras-tu ton fang, fi pur, fi généreux,
A l'efclave du Maure, à l'ami des Hébreux ?
Mon cœur ferait-il fait pour l'amant de Padille.

　　(*montrant Dom Henri.*)

Voilà le feul époux qui mérite ta fille ;
C'eft un hymen de fang qu'on prépare à nos vœux,
Des bourreaux entre nous formeront ces faints nœuds.
Mais, adoptés pour fils par ta voix paternelle,
Ta main va nous lier d'une chaîne éternelle ;
Nos ames, fous les coups de ce vil affaffin,
Vont s'élancer vers toi pour s'unir dans ton fein.

　　Dom P E D R E *qui, pendant les derniers vers,*
　　　　a parlé bas à Dom Alvar.

Otez-la de mes yeux : Allez ; qu'on les fépare :
Qu'on l'enferme où j'ai dit : — laiffez-moi Tranftamare ;

　　(*à Blanche.*)

Tu ne le verras plus que mort & déchiré.

　　(*à d'autres Gardes.*)

Et vous, que l'échaffaud foit foudain préparé.

BLANCHE (1) *ayant fait quelques pas & se*
retournant vers Dom Henri.

Adieu : depuis cinq ans , Prince , j'ai cessé d'être ;
D'aujourd'hui seulement mon cœur croyait renaître ;
J'ai pu vous le donner , vous nommer mon époux ;
Je n'ai vécu qu'un jour , & l'ai vécu pour vous.

(on l'emmène.)

Dom HENRI à son frère.

Ah ! respecte son sang : tremble , Guesclin respire.
Mais, du sort d'Édouard ne veux-tu pas m'instruire ?

Dom PEDRE à ses Gardes.

Que ces chefs Navarrois sont lents à revenir !
Voyez si dans Tolède ils n'ont pu le saisir.

---

(1) Dom HENRI *avec violence , quand Blanche est sortie.*

Du destin d'Édouard, cruel, daigne m'instruire!

Dom PEDRE à ses Gardes.

Quoi! ce Chef Navarrois n'est rien venu nous dire ?
Voyez si dans Tolède il n'a pu le saisir ,
Ou dans sa tente au moins s'il l'a su retenir.
(*& c'est par ces vers que finissait la Scène.*)

SCENE III.

DOM PEDRE, DOM HENRI, ÉDOUARD, GARDES.

ÉDOUARD.

(*à Dom Pèdre.*)

N o n, je suis libre encor. —

(à Dom Henri.)

Vous allez bientôt l'être.

(*à Dom Pèdre.*)

Un des miens dans ce trouble ayant su disparaître,
A volé jusqu'à moi ; m'a dit, qu'au même tems
Qu'on échangeait le Prince à l'aspect des deux camps,
Vos escadrons, sortis de ces épais ombrages,
Ont fondu sur l'escorte & ravi les ôtages.
Vous violez ma foi ; j'en demande raison ;
Renvoyez Transtamare, & rendez-moi Bourbon,
A l'instant.

Dom PEDRE.

De quel droit viens-tu dans leurs provinces
Dicter arrogamment tes volontés aux Princes ?
Du rang du Roi des Rois qui t'a donc revêtu ?
Tu défends un Coupable, & c'est là ta vertu !

Pour ta foi ; ce Rebelle, en trahiſſant la ſienne,
Envers lui, ſans retour a dégagé la mienne.
Quand tu viens de lui rendre, au mépris de mes droits,
Ce dangereux Gueſclin qui m'a perdu deux fois,
Comment eſpères-tu que ma folle imprudence
Te laiſſe encore Bourbon pour la rendre à la France ?
Je t'arrêtais… par grace ; & voulais prévenir
L'affront que tu me fais, & qu'il faudra punir.

É D O U A R D.

L'étonnement, l'horreur ſuſpendent ma furie.
Il eſt donc des mortels fiers de leur infâmie !
Tu m'oſes demander quel droit m'amène ici ?

(*avec une chaleur rapide.*)

Je ſuis fils d'un Monarque ; & je vins, comme ami,
Pour t'offrir un ſecours dont je te croyais digne.
Tu nous fais à tous deux l'affront le plus inſigne :
La vengeance eſt ſon droit, le mien ; & je m'en ſers ;
Je puis combattre un Roi, j'en ai mis dans mes fers.
Mais aux droits de mon père, à ceux de ma naiſſance,
J'unis cent titres ſaints ſur ta reconnaiſſance :
Tu ne règnes, ne vis, n'exiſtes que par moi.
Songe au tems où tu vins plein de honte & d'effroi,
Chargé de l'or d'Eſpagne & des mépris du monde,
N'ayant dans l'univers d'autre aſyle que l'onde,
Mandiant ſur nos bords l'humble toît d'un Pêcheur,
Et par-tout repouſſé par la haine & l'horreur :
Tu pleuras à mes pieds. Ton malheur ſans courage
D'un bonheur inſolent devait m'être le gage.

Dom

Dom P E D R E *revenant avec fureur de la confusion*
involontaire dont il se sent accablé.

O Ciel! de tant d'opprobre on ose me couvrir!
Tu crois qu'impunément tu m'aura fait rougir?

É D O U A R D.

Et toi, Tyran, tu crois que je vais, sans murmures,
Voir compter mes sermens au rang de tes parjures?
Que ton frère, à ma foi se livrant en héros,
Va passer de mes mains aux mains de tes bourreaux?

(*prenant Dom Henri par la main.*)

Ah! fut-il attaqué par ton armée entière;
Il ne peut avant moi perdre ici la lumière.

Dom   P E D R E.

A tes yeux, à l'instant, sa tête va tomber.

(*il fait signe aux soldats d'avancer.*)

É D O U A R D *mettant la main sur son épée.*

Viens. — sous le nombre enfin s'il nous faut succomber,
Qui meurt ainsi que nous éternise son être,
Et qui vit comme toi, fut indigne de naître.

(*Dom Pèdre tire l'épée.*)

F

SCENE IV.

DOM PEDRE, DOM HENRI, ÉDOUARD, DOM FERNAND, GARDES.

Dom FERNAND à *Dom Pèdre.*

Vers Tolède, Seigneur, Guesclin force le camp,
Si vous ne paraissez, tout cède à ce torrent.

ÉDOUARD.

Ah! je le reconnais.

Dom HENRI.

Crains son bras invincible.

Dom PEDRE, *d'abord un peu indécis.*

Entouré d'ennemis, — je marche au plus terrible.

(*à ses soldats , en montrant les deux Princes.*)

Je reviens; qu'on les garde.

(*Il sort avec Dom Fernand , les soldats restent.*)

SCENE V.

DOM HENRI, ÉDOUARD, GARDES.

Dom HENRI *avec le plus vif intérêt.*

Il peut vous maſſacrer
Avant que juſqu'à nous on puiſſe pénétrer.
Tout ſon camp vous reſpecte : évitez ſa colère ;
Sauvez vos jours, l'eſpoir d'une épouſe & d'un père.
Ne pouvant être ici mon heureux défenſeur,
Courez armer l'Anglais, & ſoyez mon vengeur.

ÉDOUARD *avec véhémence.*

Moi, Prince ? & de quel œil me verrait l'Angleterre ?
J'ai haſardé vos jours, j'en réponds à la Terre :
Lorſque, par imprudence, on fait des malheureux ;
On ne les venge pas, on périt avec eux.

Dom HENRI.

Allez donc vers Bourbon : ſachez où l'a conduite
L'ordre affreux du tyran ?....

(Tout-à-coup il voit fuir les Gardes par
la grande porte de la Tente).

Eh quoi ! tout prend la fuite !

F 2

SCENE VI.

DOM HENRI, ÉDOUARD, DU GUESCLIN *suivi de quelques Espagnols.*

ÉDOUARD, *appercevant du Guesclin, qui entre par l'autre issue, & lui présentant vivement Dom Henri.*

Guesclin! je te le rends; tu me sauves l'honneur.

DU GUESCLIN *d'un air tranquille & satisfait.*

Et de ma liberté je m'acquitte, Seigneur.

(*à Dom Henri avec rapidité.*)

Loin de nous votre camp donne une alarme vaine;
J'ai formé, presque seul, cette attaque soudaine :
J'observais tout, j'ai vu qu'on vous traînait ici;
Partons; ou, dans l'instant, vous êtes investi.

(*il le prend par la main, & veut l'emmener.*)

Dom HENRI.

Courons chercher Bourbon.

ÉDOUARD.

Fiez-vous à mon zèle.

DU GUESCLIN *entraînant toujours Dom Henri.*

C'est le prix du vainqueur; c'est le soin qui m'appèle.

Dom HENRI *à Édouard.*

Suivez-nous, Prince.

ÉDOUARD.

Non. Il me reste un devoir.

SCENE VII.

EDOUARD *seul.*

Bourbon ! dans quel péril !... j'aurais dû le prévoir ;
Quand le juste aux méchans tend ses mains secourables,
Ils se servent de lui pour perdre ses semblables.
Cherchons dans tout ce camp ; &, pour la découvrir...
Mais je crois voir Dom Pèdre & le Maure accourir.

SCENE VIII.

DOM PEDRE, ALTAIRE, ÉDOUARD, TROUPES DE MAURES ET DE NAVARROIS, *tous l'épée à la main, hors Edouard.*

Dom PEDRE *cherchant des yeux Dom Henri.*

Henri m'est enlevé ! ciel ! ô vengeance ! ô rage !
  (*à Édouard.*)
Tu répondras pour tous : sa fuite est ton ouvrage :

F 3

Qu'on le charge de fers.

(*Édouard met l'épée à la main.*)

ALTAIRE, *aux soldats, en étendant son épée*

vers eux.

Non : Soldats. — Brave Anglais,
Tant que je suis présent, ne crains pas de forfaits.

(*à Dom Pèdre.*)

Barbare, à quelle horreur ton couroux s'abandonne ?
Enchaîner ce héros ! tu lui dois ta couronne.
Sur ton front à mon tour si je puis l'affermir,
Voilà donc tout le prix que je dois recueillir ! —

(*à Édouard.*)   (*à Dom Pèdre.*)

Tu peux te retirer. — Rends lui sa faible escorte.

Dom PEDRE *à un Officier Navarrois.*
Oui, va : mais de mon camp qu'il s'éloigne, qu'il sorte.

ÉDOUARD.
Ne crois pas . . . .

ALTAIRE *à Édouard.*

Sa fureur sert mon orgueil secret :
J'allais à tes côtés combattre avec regret :
Adieu ; si nos exploits méritent la victoire,
Ton nom ne viendra pas nous en ravir la gloire.

(*Édouard veut lui répondre, il le prévient.*)

Écoute. Il nous a dit tes desseins contre nous :
Ma générosité n'éteint pas mon courroux.
A ta ligue chrétienne au moins je viens d'apprendre
Qu'on peut vaincre ses chefs, quand on sait les défendre.

ÉDOUARD *à Altaire, après avoir remis son épée.*

Reçois mon amitié : cet hommage t'est dû :
Que Dieu juge le culte ; & l'homme, la vertu.

(*lui prenant la main.*)

Mais quoi ? payer la tienne en l'exerçant encore,
Serait-ce te flatter ?

ALTAIRE.

C'est bien connaître un Maure :
Qu'exiges-tu ?

ÉDOUARD.

Bourbon.

ALTAIRE.

Comment ! ne sais-tu pas
Que des chefs ennemis, observant tous ses pas,
Quand déjà vers Tolède Alvar l'avait conduite,
Viennent de la ravir dans l'alarme subite…

ÉDOUARD *avec éclat.*

Grand Dieu!--Je pars content, & quitte envers l'honneur
(*à Altaire.*)
Je saurai l'être un jour envers mon défenseur.
(*à Dom Pèdre.*)
Pour toi, tes ennemis vengeront mon outrage,
Mon bras ne daigne point abbatre son ouvrage :
Retombe dans l'état dont je t'ai fait sortir,
Je l'apprendrai sans gloire, & même sans plaisir.
(*Il sort avec l'Officier Navarrois.*)

F 4

SCENE IX.

DOM PEDRE, ALTAIRE, GARDES.

ALTAIRE.

Viens, & lave ta honte au milieu des alarmes ;
Tu ne connais d'honneur que la gloire des armes,
Viens vaincre à notre tête ; & si dans l'avenir
Tu trahis nos bienfaits, nous saurons t'en punir :
Après t'avoir vengé, je vengerai mon père.
Mais, si dans ce grand jour le sort nous est contraire,
J'ai juré de ne point survivre à ton malheur :
Et la foi des sermens est mon premier honneur.

(il sort avec le Maure.)

　　Dom PEDRE *qui les a écoutés avec une joie secrette.*
Je brave leur menace & leur fière imprudence :
Ils ne m'ont pas du moins dérobé ma vengeance :
Et grace à ce faux bruit par mes soins répandu,
J'ai trompé de tous deux la crédule vertu :

　　　　(*avec éclat*).
Blanche est en mon pouvoir ; envain le ciel m'opprime ;
Vainqueur, je tiens ma proie ; & vaincu ma victime.

Fin du quatrième Acte.

ACTE V.

Le Théâtre repréfente la même Chambre que dans le premier Acte.

SCENE PREMIERE.

DOM PEDRE *feul.*

Il entre par la porte du fond : il eft dans le plus grand défordre, tête nue, fans cuiraffe : il marche d'un air fombre, tenant d'une main une coupe, de l'autre un poignard : il pofe la coupe fur la table, met le poignard à fon côté, & va s'affeoir à l'autre bout du Théâtre.

Ciel ! tu vois ta juftice... ou ta haine affouvie (1) :
Je m'apprête une fin bien digne de ma vie. —
Je fus donc en tous temps accablé par Guefclin ;
Il a pris & bleffé ce terrible Africain.
Plus de camp, plus d'armée ; il a fu tout détruire ;
Ce Fort, cette prifon, voilà tout mon empire. —

____

(1) O ciel enfin fur moi ta haine eft affouvie !
Je touche au terme affreux de mon affreufe vie.

(*il se lève.*)

J'y suis maître de moi, de Bourbon & du sort :
Je vois entre mes mains ma vengeance & ma mort.
Ce cruel avantage est le seul qui me reste ;
Lui seul m'a fait survivre à ce combat funeste.
Poison, glaive, instrumens de mes crimes passés,
Vous sauvez les tyrans, & vous les punissez. —
O cœur nourri de sang, que la rage dévore,
A ton horrible soif le tien manquait encore :
Il va l'éteindre enfin. — Mais à mon fier rival
Le dernier de mes jours sera le plus fatal ;
Oui, son amante & moi nous périrons ensemble ;
Que la haine, l'amour & la mort nous rassemble.

   (*Il marche vers la petite porte, & s'arrête*
     en voyant entrer Dom Fernand.)

SCENE II.

DOM PEDRE, DOM FERNAND.

Dom PEDRE *avec embarras & impatience.*

En ! que viens-tu chercher?—Va trouver le vainqueur :
Va ; — tu me fus fidèle, il te doit sa faveur.
     (*il s'assied.*)

Dom FERNAND.

O mon Roi! vous savez quand le sort vous accable,
Que vous m'êtes cent fois plus cher, plus respectable :

Ce cœur vrai, qui souvent combat vos volontés,
S'enchaîne à vos malheurs, fussent-ils mérités.
Je vous fis ce serment lorsque je vous vis naître.
Exemple de constance & d'amour pour mon maître,
Je veux, du fer mortel à vos pieds abbattu,
Voir le vainqueur lui-même envier ma vertu.
Sur votre auguste main laisser couler mes larmes,
Celles d'un cœur fidèle ont toujours quelques charmes :

> Dom PEDRE *le regardant avec le plus
> profond étonnement.*

Comment ! il est un cœur que j'ai pu conserver ? —

> (*un peu attendri.*)

J'en avais tant, hélas ! dont j'ai su me priver :
Ils volaient au devant de ma débile enfance ;
Vingt ans je m'en suis vu l'amour & l'espérance,
J'aurais pu, répondant à leurs tendres souhaits,
Compter autant d'amis que j'avais de sujets.
Malheureux, j'étois né pour le bonheur suprême :
On m'offrait sur le trône un digne objet que j'aime ;
Je l'avais dans mes bras, & l'en ai rejetté !

> (*se levant.*)

Ah ! dans cet univers, où je suis détesté,
Nul mortel ne me hait autant que je m'abhorre.

> Dom FERNAND.

Seigneur, c'est Bourbon même en qui j'espère encore :

Dans le camp de Henri je vais, je cours la voir,
Souffrez...

Dom P E D R E.

(*à part.*)

Non. — Cachons-lui qu'elle eſt mon pouvoir.

Dom F E R N A N D.

Eh bien! aux aſſaillans Montiel inacceſſible,
Eſt de tous vos états le Fort le plus terrible :
La garde en eſt nombreuſe : & je pourrais, Seigneur,
Y retenir long-tems & tromper le vainqueur.
Vous, fuyez avec art : ſous cette Roche antique,
Gagnez les bords du Tage & voguez vers l'Afrique.

Dom P E D R E.

Moi ? chez des Rois heureux porter encor mes pas ?
Montrer de Cours en Cours le plus grand des Ingrats !
Quel Monarque inſenſé défendrait ce barbare,
Ce Pèdre, qui trahit le vainqueur de Najarre ?
Plus d'eſpoir, plus d'amis que je puiſſe attendrir :
Il faut être Fernand pour me pouvoir ſouffrir.

(*en ſe promenant.*)

Ma rage à chaque inſtant s'enflâme & s'envenime;
Je déteſte à la fois & reſpire le crime :
Mourons, mourons enfin, c'eſt l'honneur des vaincus; —
Mais mourons dans le ſang, ainſi que j'y vécus.
Laiſſe-moi ſeul. — Va; crains un furieux qui t'aime,
Qui ne ſe connaît plus, — qui tremble pour toi-même.
Ciel! que vois-je ? Édouard !

SCENE III.

DOM PEDRE, ÉDOUARD, DOM FERNAND.

Dom PEDRE *avec la plus grande violence.*

Venez-vous m'accabler,
Infulter à mes maux, en jouir, les combler ?
Qu'y manquait-il enfin ? votre feule préfence.

(il fe rejette fur le fauteuil & fur la table.)

ÉDOUARD *avec le plus grand flegme.*

Qui, moi, vous infulter ? vous êtes fans défenfe :
Je ne viens voir des maux que pour les foulager :
Si vous étiez vainqueur ; je viendrais me venger.—
Soutenir mon ouvrage eft un orgueil peut-être :
Mais fi ce fentiment dans mon ame a pu naître,
Qu'il y refte caché, je ne veux point l'y voir.
Je me crois amené par un noble devoir :
Tranquille fpectateur de ce champ de carnage,
Enfin j'ai vu la guerre avec l'horreur d'un Sage ;
Je veillais fur les jours de ce brave Africain,
Près de moi, fans rançon, renvoyé par Guefclin :
Mais du Roi mon aïeul j'ai crains pour vous l'exemple :
Je fais qu'en criminel l'Efpagne vous contemple :

Je veux que mon respect impose à son courroux,
Que l'on soit généreux, & non juste envers vous.
Quand on saura, malgré tous vos droits à ma haîne,
Que le seul diadême & la domte & l'enchaîne ;
Vos peuples sentiront qu'aux fers même livré,
Le Roi le plus coupable est un objet sacré.
Bien plus : approuvez-vous le zèle qui m'anime !
Henri, Bourbon, Guesclin m'accorde quelqu'estime ;
Et seul je puis encor ménager un Traité
Qui garde au nom de Roi toute sa majesté.
La Tour où je vous vois protège cette place,
C'est l'autre extrêmité que le vainqueur menace,
J'y vole de l'assaut suspendre les apprêts :
Si Henri me refuse une équitable paix,
Je reviens, & défends votre personne auguste,
Comme je le vengeais quand vous étiez injuste :
Il va me voir, pour vous, expirer aujourd'hui,
Tel qu'il m'a vu tantôt prêt d'expirer pour lui.
Dans un Prince outragé ce discours vous étonne ;
Mais quand le Ciel punit, il veut que je pardonne.

Dom P E D R E.

Je l'ai bien dit : mes maux sont comblés en effet :
Rien n'accable un ingrat comme un nouveau bienfait.
   (*il se lève.*)
Je ne dégrade point dans ma honte fatale,
En tombant à vos pieds la majesté royale :
Je sens trop qu'Édouard ne le souffrirait pas :
Allez, & disposez de moi, de mes Etats :

Qu'exigerait Henri dans fa fureur jaloufe ?
Il m'a tout enlevé , mon trône & mon époufe.

Dom *FERNAND* *vivement à Dom Pèdre.*

Seigneur , près de ce Prince , agréez mes fecours ;
Bourbon n'oubliera pas que je fauvai fes jours ;
Qu'elle accorde à mon Roi tout le prix de mon zèle ,
Je ferai trop payé d'avoir été fidèle.
ÉDOUARD *à D. Pèdre en lui montrant D. Fernand.*
O Dom Pèdre ! & c'eft vous qu'ainfi je vois fervir !
Jugez comment on fert les Rois qu'on peut chérir.
(Il fort en embraffant Dom Fernand qu'il emmène.)

SCENE IV.

DOM PEDRE *feul.*

ET j'ai pu concentrer cette fureur horrible !
Qu'elle s'exhale enfin par un éclat terrible ,
Qu'on m'amène Bourbon.

(Un Garde qui eft en dehors , arrive par la grande
porte , traverfe le Théâtre , & entre par la petite
porte.)
　　　　　Ta vie eft en mes mains.
Femme ingrate , c'eft toi qui fis tous mes deftins ;
Il eft jufte à mon tour que des tiens je difpofe.
Tu fus de mes revers le prétexte ou la caufe :

Ton hymen me perdit : & tes feuls intérêts
Ont armé contre moi, la France, mes fujets,
Mes amis, mon tuteur, mes frères & ma mère :
Et mon trône aujourd'hui deviendrait ton falaire ?
Je t'y verrais monter avec mon deftructeur ?
Je verrais dans fes mains s'unir tout mon bonheur ?
Ce qui fut à moi feul ferait fon feul partage ?
Moi vivant, tous mes biens feraient fon héritage ? —
Elle vient. — Je frémis en voyant fa beauté. —
Voilà le feul forfait qui m'ait encore coûté.
Mes pleurs.. des pleurs de fang.. tu mourras; je t'abhorre.
Frappons. — Ah ! lâche cœur ! je fens que je l'adore.

SCENE V.
DOM PEDRE, BLANCHE
enchaînée, GARDES en dehors.

BLANCHE *arrivant par la petite porte.*

Le bruit d'un long combat a rempli tous ces lieux :
Le tyran veut me voir ; eft-il victorieux ?

*(Dom Pèdre vient la prendre par le bras
en la regardant fixement.)*

Viens-tu m'offrir encor cette main meurtrière ?
Me traîner à l'autel dans le fang de ton frère ? —
Cruel, quel eft fon fort ?

Dom

Dom P E D R E *la menant vers la table.*

Vainement autrefois
Du fer & du poifon je t'envoyai le choix ;
Pour n'être plus trompé , je te l'offre moi-même.

(*il lui montre la coupe.*)

Meurs , fans favoir le fort du perfide qui t'aime.

B L A N C H E *tremblante.*

Tu m'offres le poifon . . . .

(*elle regarde fixement Dom Pèdre , & tout-à-coup
avec un éclat de joie , elle s'écrie :*)

Tranftamare eft vainqueur !

Dom P E D R E.

S'il l'eft , tu dois mourir avec plus de douleur.
Prends , ou crains . . . .

(*il tire fon poignard fans le lever.*)

B L A N C H E *prenant la coupe.*

Mort plus lente ! Ah ! devant que j'expire ,
Cher Prince , à mes regards le Ciel peut te conduire.
(*elle porte la coupe fur fes lèvres.*)

SCENE VI.

DOM PEDRE, BLANCHE, ÉDOUARD, DOM FERNAND.

ÉDOUARD *ouvrant la porte.*

Bourbon ! vous, dans ces lieux !

(il court vers elle.)

BLANCHE *éperdue, & laiffant tomber fa coupe.*

Je me jette en vos bras.

ÉDOUARD.

Que vois - je ? cette coupe . . . .

BLANCHE.

Ah ! c'étoit le trépas.

ÉDOUARD à Dom Pèdre.

Perfide ! . . . .

BLANCHE.

Et Dom Henri ? . . .

ÉDOUARD.

Maître de cette place....

Monftre ! il va te punir.

(il arrache le poignard de Dom Pèdre qui tombe
accablé dans fon fauteuil.)

BLANCHE *après avoir joui un moment de fa confufion.*

Je t'accorde ta grace ;

Pour l'obtenir du Roi, je tairai ton forfait.
(*elle fait signe à Dom Fernand qui ramaſſe la*
coupe & la jette plus loin.)

ÉDOUARD *à Blanche.*

J'allais traiter pour lui : mais c'en eſt déja fait.
Gueſclin avait forcé, par un aſſaut rapide,
Et Tolède, & ce Fort, & leur garde intrépide :
Il ſurpaſſe toujours ce qu'on attend de lui.

SCENE VII.

DOM PEDRE, BLANCHE, ÉDOUARD, DU GUESCLIN, DOM FERNAND, OFFICIERS ESPAGNOLS.

DU GUESCLIN.

(*à Blanche.*)   (*à Edouard.*)

Vous vivez, je triomphe.— O vous, ſon digne appui !
Vous ſauvez la vertu ; c'eſt la ſuprême gloire.
    (*à ſa ſuite.*)
Compagnons, arrêté l'abus de la victoire
Les pleurs des Citoyens ſouilleraient nos lauriers :
Je protége le peuple & combat les guerriers.
                (*une partie des Officiers ſe retirent.*)

BLANCHE.

Mais Henri . . . .

DU GUESCLIN.

Loin de moi, dans le fort du carnage . . . .

SCENE VIII *& dernière.*

DOM HENRI, NOUVELLE SUITE, LES ACTEURS PRÉCÉDENS.

Dom H E N R I *à Blanche qui court vers lui.*

CHERE Épouſe !

      (à du Gueſclin.)

        Et j'obtiens le prix de ton courage.

BLANCHE.

Vous êtes tout ſanglant : juſte Ciel ! je frémis . . ..

DU GUESCLIN.

Sire , dans quel déſordre . . . .

Dom HENRI *qui eſt ſans caſque , & avec un bouclier*
             tout en pièce.

              Il ſied à ton ami ,

Au ſortir d'un aſſaut, en abordant ſon maître ,
Voilà dans quel état ton Elève doit être.

(*à Blanche.*)

Sans lui, j'étois vaincu ; sans lui, vous périssiez.

(*il donne son bouclier & sa lance à un Écuyer.*)

Où donc est le Tyran ?

(*appercevant Edouard.*)

Vous, qui l'abandonniez. . . .

(*Edouard est près de Dom Fernand ; tous deux*
cachent à Dom Henri la vue de son frère.)

ÉDOUARD *d'un ton calme & ferme à Dom Henri.*

Valois fut mon captif, & Dom Pèdre est le vôtre ;

Juste ou non, leur destin peut être un jour le nôtre (1).

(*il s'efface & lui montre Dom Pèdre.*)

Roi, contemplez un Roi.

Dom H E N R I *après un peu de silence.*

Quel tableau du malheur !

O triste humanité ! tu gémis dans mon cœur.

Nature, je t'entends jetter un cri plus tendre ;

De tes larmes mes yeux ont peine à se défendre.

(*à Blanche & à du Guesclin.*)

Croyais-je que son sort me fit verser des pleurs ?

D U   G U E S C L I N.

J'en avois deux garans : vos vertus, vos malheurs.

B L A N C H E.

Daigne lui pardonner. . . .

Dom H E N R I.

Je n'ai plus de colère ;

Le voilà malheureux, je redeviens son frère.

____

(1) L'aïeul & le fils d'Edouard furent détrônés.

(à *Dom Pèdre.*)

Quand je ne l'étais plus, je t'avais imité.

Rends-moi ce titre faint que tu m'avais ôté :

Dom Pèdre, je fuis Roi, ne cesse point de l'être ;

Va, tu n'es point fujet lorfque ton frère est maître,

Le fceptre de Grenade au mien devrait s'unir ;

Eh bien ! je l'en détache ; & c'est pour te l'offrir.

Dom PEDRE *fe levant.*

O prodige touchant de l'amour fraternelle !

Il r'ouvre à la nature un cœur fermé pour elle :

(*il s'approche entre Edouard & Dom Fernand.*)

Je dois te l'avouer ; la terre à mon orgueil

N'offroit que deux féjours, le Trône ou le Cercueil :

Et n'attendant de toi ni pitié, ni clémence,

T'immoler & mourir fut ma feule efpérance.

On te laisse ignorer qu'ici, par le poifon,

Mon défefpoir jaloux te raviffait Bourbon :

Tes yeux, fans Édouard, la verraient expirante,

Et, c'est un fceptre encor que Henri me préfente !

Le prix du plus grand crime est le plus grand bienfait !

Fier Dom Pèdre, va rendre hommage à ton fujet.

(*en finiffant le dernier vers il paffe devant Fernand*
& Edouard pour aller à fon frère.)

Dom HENRI *faifant un pas pour l'embraffer.*

Non, viens dans mes bras.

Dom PEDRE *arrachant le poignard qui est à la*
ceinture de Dom Henri, & voulant le frapper.

Meurs.

ÉDOUARD.

Arrête.

(il retient Pèdre par le bras gauche , tandis que Henri tire l'épée & se met en garde.)

(du Guesclin tire aussi l'épée pour défendre Blanche).

Dom PEDRE *menaçant Édouard de le frapper.*

O rage extrême !

Tremble.

(Édouard recule un pas , met la main sur son épée ; alors Dom Pèdre se précipite sur son frère en disant:)

Mourons tous deux.

(Mais il s'enferre lui-même avec l'épée de Dom Henri , sans pouvoir le percer de son poignard ; parce que ce Prince repousse le coup avec la main qui lui reste libre.)

Dom HENRI *désolé & retirant promptement son épée.*

Il s'est percé lui-même.

BLANCHE *avec transport, en regardant Dom Pèdre qui est tombé dans les bras des Gardes.*

Enfin, te voilà seul coupable de ta mort !

Dom PEDRE.

Et je n'ai pu tous deux vous unir à mon fort !

(à Dom Henri.)

Si j'avais vu du moins ton bras plus intrépide,
Ton cœur digne du mien, souillés d'un fratricide,

J'expirerais content. — Je te laiſſe adoré,
Triomphant, vertueux; je meurs déſeſpéré.

    B L A N C H E *toujours avec l'éclat de la joie.*
Quand tu punis le crime, ô ſuprême Juſtice !
Fais-lui voir la vertu; c'eſt ſon plus grand ſupplice.

F I N.

    Voici quel était d'abord le dénouement.

Dom PEDRE *en paſſant devant Édouard & Blanche, diſait :*
Ah! vois le fier Dom Pèdre aux pieds de ſon ſujet.

    Dom H E N R I *l'empêchant de ſe mettre à genoux.*
Non, viens dans mes bras......

      Dom P E D R E *tirant ſon poignard.*
      Meurs.

      B L A N C H E *lui ſaiſiſſant le bras.*
        Ciel!

    Dom P E D R E *ſe retournant & la frappant.*
        Ou toi......

Dom H E N R I *perçant Dom Pèdre tandis que celui-ci tue*
                Blanche.
          Meurs toi-même.

BLANCHE *tombant dans les bras d'Édouard qui eſt accouru.*
Ah, Prince !

      Dom H E N R I *ſe précipitant ſur elle.*
Eh! je n'ai pu défendre ce que j'aime !

(se relevant & regardant Dom Pèdre.)

Dieu! j'ai tué mon frère! ô parricide affreux!

(retournant à Blanche.)

C'eſt pour moi que tu meurs!... que j'expire avec eux....

(à ſon frère.)

Prends ce fer, puni-moi.

*(Du Gueſclin ſaiſit le poignard de Dom Henri, & Blanche
retient auſſi Henri en étendant ſes bras mourans.)*

Dom PEDRE.

Je t'ai puni d'avance ,

Mes yeux vont ſe fermer tout pleins de ma vengeance ;
J'ai chargé d'un forfait ton cœur né vertueux,
Si tu me reſſemblais tu ſerais trop heureux.
Je le ſens, j'ai flétri ta vie & ta mémoire ,
Je t'enlève à la fois ton amante & ta gloire.

(il meurt : on l'emporte , Dom Fernand le ſuit.)

Dom HENRI *éperdu, ſe jettant dans les bras de du Gueſclin.*

Le crime & le malheur , voilà donc mon deſtin !

(il retombe appuyé ſur le fauteuil de Blanche.)

DU GUESCLIN.

Une juſte défenſe égara votre main,
Et, ſans l'aveu du cœur, il n'eſt jamais de crime.

BLANCHE.

Cher Prince, ſurmontez le ſort qui nous opprime,
Hélas! depuis cinq ans vous pleuriez mon trépas!
Pour elle, ni pour vous Bourbon n'exiſtait pas：

D'aujourd'hui feulement elle avait cru renaître ;
Nos cœurs ont pu s'aimer, s'entendre & fe connaître ;
J'ai pu quelques momens vous nommer mon époux :
Je n'ai vécu qu'un jour, & l'ai vécu pour vous (1).

(*Henri fe jette à genoux.*)

Guefclin, quand vous verrez les lieux de ma naiffance,
Ma fœur, le fage Roi qui forma mon enfance,
Dites que leur offrant les derniers de fes vœux,
Dans les bras de Henri, Bourbon s'occupait d'eux.

(*à Dom Henri.*)

Guefclin peut confoler, peut embellir ta vie :
Il va t'aimer long-tems, c'eft fon fort que j'envie.

(*à Édouard.*)

Et vous, qui n'avez pu vaincre mes noirs deftins,
Je demande une grace au plus grand des humains ;
Adoptez pour ami le Héros que j'adore. . . . .
Ciel ! quelle nuit profonde ! . . . Ah ! je te vois encore,
Henri, mon cher Henri. . . . . mon ame lutte envain,
Je la fens qui m'échappe & paffe dans ton fein.

(*elle expire entre fes bras.*)

Dom H E N R I.

Bourbon ! . . . . elle n'eft plus ! je veux, je dois te fuivre :
En horreur à foi-même il eft affreux de vivre.

(*il veut ramaffer le poignard de fon frère pour fe tuer.*)

D U G U E S C L I N *l'arrêtant avec Édouard.*

Non : quand le fort nous plonge en un gouffre de maux,
Souffrir, & vivre utile eft la loi d'un Héros.

---

(1) Ces quatre vers ont été employés avec quelques changemens,
Acte IV, Scène II, de la leçon que nous avons fuivie.

ÉDOUARD *très-vivement.*

Jettez-vous dans les bras d'un peuple qui vous aime,
Oppofez à vos maux les foins du diadême,
De leurs propres douleurs accablés quelquefois,
C'eft le bonheur public qui confole les Rois;
Un crime involontaire a fouillé votre vie,
Qu'à force de vertus le grand-homme l'expie.

DUGUESCLIN *avec la même vivacité.*

Ah! mon ami doit être en paix avec fon cœur!
L'eftime d'Édouard eft le fceau de l'honneur.

Fin de la Pièce.

APPROBATION.

J'ai lu, par ordre de Monseigneur le Garde des Sceaux, les *Œuvres complettes de M. de Belloy* ; & je n'y ai rien trouvé qui m'ait paru devoir en empêcher l'impression. A Paris, le 19 Septembre 1777.

SUARD.

PRIVILÉGE DU ROI.

LOUIS, par la Grace de Dieu, Roi de France & de Navarre; A nos aînés & féaux Conseillers, les Gens tenans nos Cours de Parlement, Maîtres des Requêtes ordinaires de notre Hôtel, Grand-Conseil, Prévôt de Paris, Baillifs, Sénéchaux, leurs Lieutenans Civils, & autres nos Justiciers qu'il appartiendra : SALUT. Notre amé le sieur *Sorin*, Libraire, Nous a fait exposer qu'il desireroit faire imprimer & donner au Public, les *Œuvres complettes de M. de Belloy*, s'il Nous plaisoit lui accorder nos Lettres de Privilége pour ce nécessaires. A ces CAUSES, voulant favorablement traiter l'Exposant, Nous lui avons permis & permettons par ces Présentes, de faire imprimer ledit Ouvrage autant de fois que bon lui semblera, & de le vendre, faire vendre & débiter par tout notre Royaume, pendant le tems de *six années* consécutives, à compter du jour de la date des Présentes. Faisons défenses à tous Imprimeurs, Libraires, & autres personnes, de quelque qualité & condition qu'elles soient, d'en introduire d'impression étrangere dans aucun lieu de notre obéissance : comme aussi d'imprimer, ou faire imprimer, vendre, faire vendre, débiter, ni contrefaire ledit Ouvrage, ni d'en faire aucuns extraits fous quelque prétexte que ce puiffe être, fans la permiffion expreffe & par écrit dudit Expofant, ou de ceux qui auront droit de lui, à peine de confifcation des Exemplaires contrefaits, de trois mille livres d'amende, contre chacun des contrevenans, dont un tiers à Nous, un tiers à l'Hôtel-Dieu de Paris, & l'autre tiers audit Expofant, ou à celui qui aura droit de lui, & de tous dépens, dommages & intérêts; à la charge que ces Préfentes feront enregiftrées tout au long fur le Regiftre de la Communauté des Imprimeurs & Libraires de Paris, dans trois mois de la date d'icelles; que l'impreffion dudit Ouvrage fera faite dans notre Royaume, & non ailleurs, en beau papier & beaux caracteres; conformément aux Réglemens de la Librairie, & notamment à celui du 10 Avril 1725, à peine de déchéance du préfent Privilége; qu'avant de l'expofer en vente, le Manufcrit qui aura fervi de copie à l'impreffion dudit Ouvrage, fera remis dans le même état où l'Approbation y aura été donnée, ès mains de notre trèscher & féal Chevalier, Garde des Sceaux de France, le Sieur HUE DE MIROMENIL; qu'il en fera enfuite remis deux exemplaires dans notre Bibliotheque publique, un dans celle de notre Château du Louvre, un dans celle de notre trèscher & féal Chevalier, Chancelier de France, le fieur DE MAUPEOU, & un dans celle dudit fieur HUE DE MIROMENIL; le tout à peine de nullité des Préfentes. Du contenu defquelles vous mandons & enjoignons de faire jouir ledit Expofant, & fes ayans caufes, pleinement & paifiblement, fans fouffrir qu'il leur foit fait aucun trouble ou empêchement. Voulons que la copie des Préfentes, qui fera imprimée tout au long, au commencement ou à la fin dudit Ouvrage, foit tenue pour duement fignifiée, & qu'aux copies collationnées par l'un de nos amés & féaux Confeillers - Secrétaires, foi foit ajoutée comme à l'original. Commandons au premier notre Huiffier ou Sergent fur ce requis, de faire pour l'exécution d'icelles, tous actes requis & néceſſaires, fans demander autre permiſſion ; & nonobſtant clameur de haro, charte normande, & lettres à ce contraires : Car tel eſt notre plaiſir. Donné à Paris, le dixieme jour du mois d'Octobre, l'an de grace mil ſept cent ſoixante-dix-ſept, & de notre Regne le quatrieme. Par le Roi en ſon Conſeil.

Signé LE BEGUE.

Regiſtré ſur le Regiſtre **XX** *de la Chambre Royale & Syndicale des Libraires & Imprimeurs de Paris, n° 1154, fol. 441, conformément au Réglement de 1713. A Paris, ce 14 Octobre 1777.*

A. M. LOTTIN l'aîné, Syndic.

A PARIS, de l'Imprimerie de Ph. D. PIERRES,
rue Saint-Jacques, 1777.

ERRATA.

Dans l'Avis,

Ligne **6**, après ce mot tumultueuſe, *mettez* une virgule.

Dans la Pièce,

Page **40**, vers 13 & 23.
    59, vers 2   } Charles, *liſez*, Charle.
    69, vers 4

Page **35**, vers 4, Eh bien ! je te la dois, *liſez*, Et bien ! je te la doi.

Page **44**, vers 15, étaient fait l'un pour l'autre, *liſez*, étaient faits l'un pour l'autre.

Page **53**, vers 10, qui m'écraſe du poids, &c. *liſez*, qui m'écraſes du poids, &c.

Page **61**, vers 13, plus ſévère encor, *liſez*, plus ſévère encore.

Page **66**, vers 1, d'un ame, *liſez*, d'une ame.

Page **71**, *ligne* **2**, riche & ſtvae, *liſez*, riche & vaſte.

Page **79**, vers pénultième, du rang du Roi des Rois, *liſez*, du rang de Roi des Rois.

Page **80**, vers 6, te laiſſe encore Bourbon, *liſez*, te laiſſe encor Bourbon.

Page **88**, après les huit premiers vers, il ſort avec le Maure, *liſez*, il ſort avec les Maures.

Page **90**, vers 6, vous ſauvez les tyrans, *liſez*, vous ſervez les tyrans.

Page **93**, vers 15, j'ai crains, *liſez*, j'ai craint.

Page **96**, vers 10, qui m'ait encore coûté, *liſez*, qui m'ait encor coûté.

Page **99**, vers 8, arrêté l'abus de la victoire, *liſez*, arrêtez l'abus de la victoire.

Page **105**, vers 3, prends ce fer, puni-moi, *liſez*, prends ce fer, punis-moi.